Kouritsu-Chu Madoushi

効率厨魔導師、第二の人生で魔導を極める

謙虚なサークル 著
kenkyonasakuru

主な
登場人物
Main Characters
ゼフ=アインシュタイン（老人）
長年、緋系統魔導の修業に励むも、
その才能がなかったことが発覚。
無念を晴らすため、
時間を遡る魔導を編み出す。
ゼフ=アインシュタイン
中身が老人のまま
少年に戻ったゼフ。今度こそ
効率的に魔導を極めることを
決意し、日々修業に励む。

レディア=ランディア
鍛冶師の娘。
自分の背丈ほどの
長い斧を操る。
高い戦闘能力を持つが、
性格はのんきで家庭的。
クロード=レオンハルト
落ちぶれた騎士家の子。
経済的な事情で、幼い頃から
家を出て冒険者をしている。
見た目はイケメン。
ミリィ=レイアード
少年ゼフの噂を聞きつけ、
ゼフの通う学校に転校してきた
魔導師の少女。魔導の天才だが
無鉄砲で考えなしなところがある。

1

多くの魔導師たちが集まる中、ワシは万雷《ばんらい》の拍手を浴びていた。

頭《こうべ》を垂れるワシの前にいるのは、魔導師協会のお偉いさんである。

「魔導師ゼフ＝アインシュタインよ、汝《なんじ》の素晴らしき魔導の力に敬意と賞賛を表し、ここに緋《ひ》系統魔導師最高位の称号、フレイムオブフレイムを授ける」

「はっ、有り難く頂戴《ちょうだい》します」

「この名に負けぬよう今後も精進《しょうじん》せよ」

……精進と言っても、ワシはもう結構なジジイなのだがな。

緋系統魔導師、最高位の称号「フレイムオブフレイム」。

若き頃から緋の魔導の修業に励み、老年になった今、ついにこの称号を得ることができた。

酒、女、金、あらゆる誘惑に目もくれず人生の全てを緋の魔導に捧げてきたのだ。

まさに感無量である。

未だ鳴り止まぬ拍手を浴び、手を振りながらゆっくり講壇《こうだん》を降りていく。

花道を往《ゆ》くワシ。その姿を目に焼きつけているであろう、若い魔導師たちの羨望の眼差《まなざ》しが心地よい。

この後は記者の前で会見、協会でお偉いさん方と交流、スケジュールはみっちりと詰まっている。

くっくっ、人気者は辛いな。

ワシは目立つのは嫌いではない。

人は賞賛され、持て囃《はや》されて自信を得ることで成長できる。

逆に貶《おとし》められ、馬鹿にされて、それに憤慨することでもまた成長できる。

どちらにせよ『目立つ』のは、非常に効率的な成長方法なのだ。

というワケで、存分に目立たせて頂こうではないか、ワシの更なる成長のために！

花道を渡り終えたワシは振り返り、魔導師協会の皆の前で腕を振り上げ、叫ぶ。

「ワシは更なる高みを目指す！　フレイムオブフレイム、その中でも歴代最強の座を手に入れてみせよう！」

ワァアアアアアアアア!!

拍手と歓声の渦に包まれながら、ワシはマントを翻《ひるがえ》し、会場をあとにするのであった。

去り際に放ったワシの言葉は魔導師協会配布の新聞にも掲載され、世界中に広がることとなる。

翌年、一人の魔導師がスカウトスコープなる新しい魔導を開発して魔導師協会を訪れた。

これは魔導師の才能を測る魔導で、念じることにより自分の得意な魔導の系統を知ることができるというものだ。

魔導は基本的に五つの系統に分かれている。

「緋《ひ》」

炎に干渉する魔導で、優秀な念唱速度、攻撃範囲、威力を持ち、五系統で最も攻撃性能に優れている。ワシの得意魔導でもある。

「蒼《そう》」

水に干渉する魔導で、攻撃力は低めだが特殊効果のあるものや、補助、回復など様々な効果を持つ魔導が存在する。

「翠《すい》」

大地に干渉する魔導で、極めれば地形や空間を変動させることも可能だ。

射程距離が短いなど色々と制限が多いが、一撃の威力なら最も強力である。

「空《くう》」

大気に干渉する魔導で、風や雷を自在に操ることができる。

攻撃範囲と射出速度が非常に優秀だが、気まぐれな天候の影響を強く受けるため、あまり融通《ゆうずう》が利かない。

「魄《はく》」

異界に干渉する魔導で、異界に存在するという天使や悪魔、極めれば更に上位の存在の力を借りることができるとか。ま、ワシは専門ではないのでそこまで詳しくはないがな。

魔導にはこの五系統があり、その成長には非常に時間がかかるため、魔導師はいずれか一つに絞って修業を続けるのが現在の主流である。

ワシはこの中で緋《ひ》を選び、一生をかけて修業に励み、そして最高の称号「フレイムオブフレイム」を勝ち取ったのだ。

——しかし、スカウトスコープによる魔導の才能測定か。

当然ワシも興味はある。というか、興味のない魔導師などおらんだろう。

先輩方は何故《なぜ》か遠慮していたが、ワシはスカウトスコープを習得し、自身の才能を測定した。

どれ、フレイムオブフレイム様の「緋」の才は……

ゼフ＝アインシュタイン
レベル99
魔導レベル
緋：62／62
蒼：49／87
翠：22／99
空：22／89
魄：19／97

思わず目が点になる。

ワシの最も得意とする「緋」の魔導、その才能限界が一番低いと……いうのか……？

才能限界とは、文字通りその魔導をどこまで極めることが可能かを表すものである。

一生をかけて鍛練した魔導が、よもや一番自身に合っていなかったとは……

「ばかなっ⁉」

思わず叫び声を上げ、もう一度、いや何度もスカウトスコープを試みるが、才能限界の数値は変わらない。

思い返せばかなり前に、緋の魔導の成長に限界を感じたことがある。

しかし使いにくいので殆《ほとん》ど修業しなかった「翠《すい》」や「魄《はく》」の方が才能限界が高いだと……？

他のも大して修業していないが、軒並み「緋《ひ》」より才能限界が高い。

完全に選択ミスである。

この程度の才能では、到底緋の魔導を極めたなどとはいえない。

ワシはもうジジイ、先は長くはない。

このまま……死ぬなど……こんな結末、認められるはずがないではないか！

「なるほどな……先輩方がスカウトスコープを使わなかった理由はこれか……」

年老いた身体、もはや成長の見込めない状態で、今まで生涯をかけて修業してきた成果を完全に否定されるなど、死ぬ前に死ぬほどの悔いが残るに決まっている。

知ってしまったからには、死んでも死に切れない。


それから暫《しばら》くして、ワシより緋の才能限界が高いどこぞの馬の骨がワシからフレイムオブフレイムの称号を奪っていった。才能限界に届いていないにもかかわらず、魔導レベルはワシよりはるかに上だった。

魔導師協会が言うには、ワシの魔導レベルが低すぎて、フレイムオブフレイムにふさわしくないとのことである。

その言葉にワシは反論できなかった。

もはや伸びしろのないワシと、これからさらに伸びる若者。

どちらにその称号を与えるか、考えるまでもあるまい。

しかし才能が高いとはいえ、大した実戦経験もない若造にこの称号を奪われるというのか……

屈辱である……が、魔導師の能力を数値化できるスカウトスコープが生まれた今、その考えはわからんでもない。

魔導師協会の本部がある塔を追い出されたワシは、それを仰ぎ見ながら叫ぶ。

「だがワシは諦《あきら》めない、ワシは死ぬまで魔導を追究し続けるぞっ！」

空が裂けるほどの大声。

くすくすと嘲笑《ちょうしょう》する声が聞こえてくるようだ。

だが、それでいい。ぐつぐつ煮えたぎるような想いを胸に、ワシは塔を去ったのであった。


それから十年後、ワシは足掻《あが》き、苦しみ、そして修業につぐ修業の末、死を目前にして新しい魔導に辿《たど》り着いた。

自分が無駄にした時間、それをやり直したいという強い想いによって編み出した、時間を遡《さかのぼ》る魔導、タイムリープ。

言うなれば、過去の自分に現在のワシの精神を上書きする魔導である。

これで五系統どころか魔導自体を覚える前の身体に戻るのだ。一から修業し直す必要があるが、それでも構わない。

ワシ、修業好きだし。

「この知識とスカウトスコープ、そして有り余る時間をフルに活用して、今度こそ効率的に魔導を極めてみせる」

決意を胸にタイムリープを念じる。

意識はどんどん遠くなり、昏《くら》くなっていった――

◆◆◆

どれほどの時間、暗闇を漂っていたのだろうか。

ワシはどこからか聞こえてくる声に起こされた。

「ゼフ、早く起きちゃいなさい！」

見覚えのある天井。

視線を横に向けると、白いシーツが目に入る。

聞こえてくるのは懐かしい母親の声。

微《かす》かに香るスープの匂い。

「あ、あーあー……」

そして少し高い声、小さなつるつるの手足。

——ワシの身体は少年に戻っていたのである。

「くっくっ、どうやら成功したようだな……流石《さすが》はワシといったところか」

ベッドから飛び起きて少し身体を動かす。その動作一つ一つが軽快だ。

ジジイの身体から少年の身体に戻ったワケであるから当然だが……ちょっとした感動だな。

「お次は……っと」

窓を開けて人差し指を外に向け、緋《ひ》系統の初等魔導であるレッドボールを念じる。

しかし、発動しない。

「む……やはりまだ魔導は使えぬか」

体内に意識を集中するが、やはりどうも体内に流れる魔力線が上手く働いていないようだ。

魔力線というのは魔導師の体内に張り巡《めぐ》らされた、魔力が通る文字通りの線である。魔導師の才能がある者ほどこれが太く、身体中隅々まで行き渡っているのだ。

魔導を極めるために戻ってきたというのに、今のままでは魔導が使えない。早急に何とかしなければならないだろう。

「ゼフーっ！　学校遅刻するわよーっ！」

下から聞こえる母さんの声。

返事代わりに腹の虫が鳴く。

……ま、腹が減っては戦はできぬというしな。

とりあえず、朝飯を食べてから色々考えるとするか。

「あぁ今いくよ、母さん」

階段を駆け下り、久しぶりに母さんの顔を見る。少し涙が出てしまった。

母さんは不思議そうな表情を浮かべ、ワシを見て優しく笑う。

その懐かしい笑顔に、涙が零《こぼ》れたのだった。

「どうしたの？　ゼフ」

「いや……ワシ、嬉しくて……」

「変な子ねえ……」

首を傾げる母さんだが、中身が変わったワシに違和感を覚えることはない。

タイムリープにより生じる空間の波が、小さな違和感を打ち消してしまうのだ。

ワシが老人口調であっても、そのことを不審に思われることはないというわけである。

涙を拭《ぬぐ》い、ワシは母さんを強く抱きしめる。

「あらあら、怖い夢でも見たの？　……早く食べないと冷めてしまうわよ？」

「……うむ」

返事をしてワシは食卓につく。

ワシはジジイまで生き、そこで初めて、自身の人生が無駄であったことを知った。

時間の大切さを痛感したのだ。

魔導の道は険しい。一分一秒でも無駄にはできない。効率よく魔導の修業を行わねばならない。

だが、今くらいはいいだろう。

涙を拭《ふ》き、腹いっぱいに懐かしい味を詰めこむと、拭いたはずの涙がまた零れるのであった。

◆　◆　◆

「それじゃ、気をつけて行ってらっしゃい」

懐かしくて温かい食事を終え、ワシは母さんに見送られ家を出た。

最後に学校に行ったのは、魔導師の卵たちに教鞭《きょうべん》を振るうためであったかな。

ちなみにワシの授業はスパルタで、生徒たちからはそれなりに恐れられていた。

家を出ると、これまた懐かしい景色が眼前に広がる。

ここ、ナナミの街は田舎《いなか》であるが良い所だ。大人になってこの街を出た後も、思い入れが強いために時々帰ってきたものである。

いかんな、また涙が出そうだ。

とりあえず行くとするか。

――魔力線を解放しに、な。

ワシはニヤリと笑い、学校とは逆方向、街の外れにある小高い山へと歩を進めた。

魔力線の解放はかなりの集中力と時間が必要なのだ。よって、人気《ひとけ》のない所に行く必要がある。

今ワシの魔力線は休眠状態。これを解放しなければ魔導を使うことはできない。

魔導師を志す者は、他の魔導師に手伝ってもらったり、自身で瞑想《めいそう》をしながら体内を巡《めぐ》る魔力線を感じとったりして解放していくのだが、ワシは既に一度通った道である。二度目であれば、自分一人で問題なく解放できるだろう。

一応、誰にも見られないように大木の上に登る。

太い枝の上で座禅《ざぜん》を組み、目を閉じてゆっくり精神を集中させる。

自分の身体が透けていくような感覚。そこから体内を巡《めぐ》る魔力線を一本ずつ感じ取っていく。

額から汗が伝うが、気にせず作業に専念した。


一本一本魔力線を解放していき、全てが終わるころには身体中汗だくであった。

「おっとと……」

大きく息を吐いて力を抜くと、木の上からずり落ちそうになる。

そういえば、木の上にいたのを忘れていたな。

木から飛び降りて目を閉じ、体内に意識を集中させると、体内の魔力線に魔力が通い始めたのがはっきりとわかった。

これで魔導が使えるようになったワケだ。

手を目の前にかざし、レッドボールを念じてみる。

すると小さな炎の魔力球が生まれ、目の前でふわふわと漂った。

そのまま魔力の供給を止め、レッドボールを消滅させる。

「ふむ……消費魔力は全体の一割といったところかな」

魔力線を解放したばかりのなりたての魔導師がレッドボールを連続して発現させられるのは三回程度。

そう考えると、なりたてな上に子供のワシがここまで使えるのは大したものなのだ。

流石《さすが》はワシといったところかな。

「とはいえ、まだ使い物にはならんか」

この身体では一切修業をしていないのだから、こればかりは仕方があるまい。

ちなみに、ワシはタイムリープを使う前に魔導のスクロールを読み漁り、当時公開されていたほぼ全ての魔導を頭に叩き込んである。

スクロールは固有魔導の術者が白紙のスクロールに使い方を記したいわば指南書で、誰でも使えるようにレベルを落としたものだ。

今は覚えた魔導を使いこなせる程の魔力はないが、レベルが上がり魔力が増えればなんとかなるだろう。

気づくと、もう日が傾き始めていた。

腹が減ったと思ったら、もうこんな時間か。

とりあえず母さんから貰《もら》った弁当を食べることにする。

弁当は見た目少し物足りない気がしたが、子供のワシには十分だったようで腹も膨《ふく》れた。

食べ終わるとある程度魔力が回復してきたので、スカウトスコープを念じる。

ゼフ=アインシュタイン
レベル　1
魔導レベル
　緋：1
　蒼：1
　翠：0
　空：0
　魄：0

緋《ひ》と蒼《そう》がレベル1なのは、今しがたレッドボールとスカウトスコープを使ったからか。

魔導の才能限界値が見えないようだが、これは恐らくスカウトスコープのレベルが低いからだろう。

魔導は使えば使うほど、その性能が向上していく。

スカウトスコープで才能限界値を見るには、何度も使ってレベルを上げなければならないハズだ。

ともあれ何とか魔力線を解放し、魔導を使えるに至った。

これでワシも魔導師の端くれ。今後の課題はレベルの向上だな。

山を下りようとすると、学校の方から子供たちがバラバラと帰っていくのが見えた。

おっと課題はもう一つあったか……

すなわち、学校をどうするか、である。

今日はとりあえずサボったが、どちらにしても今更あんな子供ばかりの所、行く気が起こらぬかならな……

辞めてしまっても構わんが、母さんがうるさいだろう。さてどうしたものか。

思考を巡《めぐ》らせながら山を下り、街へ帰ろうとすると、人影がこちらに駆けてくるのが見えた。

長い黒髪を振り乱し、息を切らして近づいてくる。

眼鏡をかけ、セーターを着た女性だ。一歩踏み出すごとに、大きな胸が上下する。

中々の美人だ、と思って見惚《みと》れていると、その美人は泣きそうな声で叫んだ。

「ゼフ君！」

言うや否や、ワシに思いきり抱きついてきた。

ワシは何か言葉を発しようとするが、その胸に顔を塞《ふさ》がれて声を出せない。

もごもごと顔を動かそうとするものの、今のワシでは大人の力に抵抗できず身動きできなかった。

観念して、大人しくされるがままに胸の感触を楽しんでいると、女性の身体がふるふると震えているのを感じた。

「……心配……したんだからね……」

ぎゅう〜っとワシの顔に胸を押しつけ、よかった、よかったと泣いている。

あぁ、思い出した。

この人はワシの初等学校での担任、名前はクレア先生だったか。

男女問わず生徒に人気があって、よく男子に告白されていた。

そんな美人の先生に抱きしめられ、胸を顔に押しつけられている。

そう言えばここ数十年、こんなことはなかったな。

少しだけ頬が緩んでしまった。

学校か……すでに履習済みのワシにとっては時間の無駄だしあまり気は乗らないが、母さんやクレア先生を悲しませるのも気が引ける。

戻ってきたこの時代に慣れる必要もあるし、暫《しばら》くは通っても構わないだろう。

修業自体は、学校に通いながらでも可能だしな。

頭の中で計画を立てながら、相変わらず顔に当たる胸の感触を楽しんでいたのであった。

◆　◆　◆

結局、ワシは翌日から大人しく学校に通った。

とはいえ、真面目に授業を受けているかといえばそうではなく……授業中はずっと寝ていた。

授業が終わると同時に教室を出て、トイレに駆け込む。

別に、もよおしたからではない。魔導の修業をするためだ。

トイレの中に入ると、ボロい木の衝立《ついたて》でドアが開かないようにし、壁にもたれかかる。

掌《てのひら》に魔力を集中し念じるのは――翠《すい》系統初等魔導、グリーンボール。

ぽう、と手の中に緑色の魔力球が生まれる。

翠系統の魔導は、威力は高いものの効果範囲が非常に狭く、対象に触れるほどの距離でないと効果が及ばない。

高レベルの魔物には、よほど体術レベルが高くないと当てるのが難しい、使いにくい魔導だ。

ふわふわと浮いていた魔力球は、その後魔力を供給しなかったため、数秒で消えてしまった。

一息吐いて、もう一度手に魔力を集中させ念じるのは――空《くう》系統初等魔導、ブラックボール。

ひゅるる、と風切音と共に生まれたのは黒色の魔力球。ふらふらと不安定に揺らめいている。

空系統の魔導は射出速度は速いが、威力も低いしコントロールも難しい。これまた使いにくい魔導である。

ワシはこの二つの魔導を交互に発動させ、授業が始まる予鈴《よれい》がなる頃には魔力が切れかけていた。

翠《すい》と空《くう》、この二つの魔導は前世で殆《ほとん》ど使うことはなかったが、スカウトスコープで見た才能限界値の高さを考えると、いずれメインで使用することになるだろう。

使い勝手のよい緋《ひ》と蒼《そう》と比べると、翠と空の二つはかなり癖《くせ》がある魔導だ。

実戦で使いにくい魔導故に、今のうちに少しでもレベルを上げておく必要があるだろう。

ワシは授業が始まるギリギリのタイミングで教室へ戻り、即座に机に突っ伏して眠り始める。

今のうちに、魔力を回復させておかねばならないからな。

クレア先生の声を子守唄代わりに、静かに意識を沈めていった。


「おいゼフ」

授業が終わってまたトイレに行こうとすると、太った丸刈りの少年がワシに話しかけてきた。

にやにやとしながら、ワシを見下ろしてくる。

丸刈りの少年を無視して行こうとすると、他の少年たちがワシの前に立ち塞《ふさ》がってきた。

何なのだ一体。

「おいゼフ、いつもトイレ行って何してんだよ」

「あれか？　お前ひょっとして……んこしてんの？」

「はぁ？」

訳のわからぬ問いに呆れ顔を返すと、少年たちはゲヒャゲヒャと笑った。

それに釣られたのか、教室の生徒たちも皆くすくす笑っている。

「あ〜……」

もしかしてワシ、からかわれているのか？

そういえば子供というのは、こんな感じだったかな。

ぽりぽりと頭をかいていると、少年たちがワシの周りを囲み、下品な単語を連呼している。

やれやれ、少しお灸《きゅう》を据《す》えてやる必要があるか。

「まったく、下品が過ぎるな」

「あん？　なんだっ――」

リーダー格の丸刈りの少年が言い終わらぬうちに、ワシはレッドボールを念じて発動させる。

少年の横を過ぎ去った火の玉は、壁に行き着く前に燃え尽きてしまった。

うーむ、まだ全然距離も飛ばないな。

しかし、少年をビビらせるのには十分すぎる威力だったようで、丸刈りの少年はへなへなと床に崩れ落ちていった。

どうも漏らしてしまったらしく、教室の中にレッドボールで焦げた空気と少年の小便の臭いが立ちこめる。

ワシはへたり込む丸刈りの少年を、ほんの少しだけ殺気を込めて見下ろした。

「あまりこういったことは感心しないぞ？」

「ひっ……!?」

ワシの威圧に少年は気を失ってしまったようだ。

ワシを囲む少年たちに向け一歩踏み出すと、少年たちは悲鳴と共に道を開けてくれた。

ワシはそのまま、すたすたとトイレに歩いていく。

昔からこの手の輩《やから》に絡まれることには慣れているが……流石《さすが》に子供相手にやりすぎだったかもしれんなぁ。

「さて、修業修業っと」

トイレの扉を開けて中に入ると、即座に予鈴《よれい》が鳴り始めた。

くそ、修業一回分の時間を無駄にしたではないか。

◆　◆　◆

放課後。

皆が下校する中、ワシは家とは反対の方角に向かっていた。

目的地は街の外、理由は魔物を狩るためだ。

歩きながら掌《てのひら》の上にグリーンボールを浮かべると、魔力の消失と同時に翠《すい》系統の魔力が増したような感じがした。

どうやらまたレベルが上がったな。

魔導というものはこうした「空撃《から》ち」でも鍛《きた》えることができるが、実戦で使った方がその上昇率は断然高い。

もっとも、空撃ちで魔導レベルが上がるとわかったのはスカウトスコープができた後で、それまではフェイントやトラップなど、実戦を模して鍛えていた。

ナナミの街は壁に囲まれていて、数ヵ所ある門には門番が立っている。

しかし、ワシはこの街を知り尽くしているので問題ない。

壁が壊れてできた隙間から難なく抜け出し、広い荒野を歩いていく。

その際、事前に用意しておいた木の棒を持って行くのを忘れない。

街の外を少し歩くと、目の前に青いぶよぶよしたゼリー状の魔物があらわれた。

地面からせりあがってきたこいつは、蒼《そう》系統に属する魔物、アクアゼル。

このような魔物があらわれるのは、大地から時折湧き出すマナが原因である。

マナは魔力の素のようなものだが、その湧き出たマナが何らかの物質を透過し、その物質の影響を受けて具現化したもの——それが魔物なのだ。

魔物は透過した物質の形を模して具現化することが多く、このアクアゼルは雨水を模した魔物とされている。

魔物の多くは、人々のことを大地を破壊するものと認識して襲ってくる。そのため、街の外へ出る者には、ある程度の戦闘能力が必須だ。

街には守護結界がかけられているので魔物は発生しないし、入ってくることもできないが、人間が一歩外へ出るとその気配を感じ取り襲いかかってくるのだ。

ワシは木の棒を構え、打撃と同時にグリーンボールを念じてアクアゼルにぶつける。

衝撃と共に、ぼよん、とアクアゼルは地面を跳ね転げ、ワシの方に触手を伸ばしてくる……が。

「ハッ、遅すぎる」

ワシは触手を木の棒で捌《さば》き、同時にまたグリーンボールを念じる。

グリーンボールは攻撃範囲が狭く、打撃と共にしか当てることができないが、威力は高めである。

十発ほどグリーンボールを当てて、やっとアクアゼルは消滅した。

今のワシのレベルでは、こんなに時間がかかってしまうのか……

しばらくすると、体中に力がみなぎってくるのを感じる。

消滅した魔物はマナに還元され、その一部が倒した者に吸収される。それがある程度蓄積されるとレベルが上昇するのだ。

力の上昇を感じつつ、消耗した魔力を回復させるため、ワシは手ごろな岩に腰を下ろすのだった。

2

ゼフ=アインシュタイン
レベル　5
魔導レベル
緋：2
蒼：2
翠：5
空：4
魄：0

街の周辺のアクアゼル狩りを続けて十日ほど、それなりにレベルも上がってきた。

魄《はく》の魔導を全く鍛《きた》えていないのは、この魔導を行使するにはジェムストーンという特殊な媒体が必要だからだ。

ジェムストーンはそこそこ高価なため、子供のワシには手に入れることができないのである。

「ま、今は他の魔導を使っていればいい」

ナナミの街周辺にあらわれるのは、魔物の中では最弱クラスに属するアクアゼルのみ。

経験値効率はあまりよくないが、今は倒せる魔物も少ないし、しばらくはこいつで我慢するしかない。

「というワケだ、相手になってもらうぞ……！」

あらわれたアクアゼルに木の棒での殴打を仕掛け、同時にグリーンボールを念じる。

三度、グリーンボールを撃ち込まれ、ぐしゃりと崩れたアクアゼルはゆっくり消滅してしまった。

最初は十発くらいかかっていたが……うむ、着実に強くなっているな。

息を整えていると、足元にニュルリとした感触。

ちっ、新手のアクアゼルか！

もがき振りほどこうとするが、子供の力では上手くいかない。

ワシは足を引っ張られ、逆さまになったままアクアゼルの頭上に持ち上げられた。

がぱりとアクアゼルの身体が二つに割れ、ワシを食らうかのように挟み込もうとする。

「させるかよ……っ！」

吊り下げられたワシはアクアゼルの身体に手をかざし、魔力を集中させていく。

――緋《ひ》系統中等魔導、レッドクラッシュ。

魔導の発動と同時に掌《てのひら》から生まれた爆炎が、アクアゼルを一撃で消し飛ばす。

背中から地面に落ちたワシ。そこには運悪く泥水があり、服が汚れてしまった。

「やれやれ、母さんに怒られてしまうではないか」

レッドクラッシュは爆炎で目の前の敵を焼き払う魔導で、念唱時間の割に威力も高く、近距離用の魔導では一番使いやすい。

現状のグリーンボールを使った戦い方では、かなり時間がかかってしまう。

そのため、一体目の戦闘中に二体目の魔物があらわれた時など、やむを得ぬ場合にはレッドクラッシュを使って一気に片をつけることにしているのだ。

だが、魔力を全て使い果たしてしまったな。

ワシはだらりと脱力し、意識を集中させていく。

——瞑想《めいそう》。

魔力を体内に循環させるイメージをして体内の魔力線を活性化させ、普段より数倍の速度で魔力を回復させる技術である。

術者によってその性能は大きく異なり、普通は座って行う。しかし、ワシほどになると立ったまま、歩きながら、果ては戦闘中においてもそれを行うことができるのだ。

……ま、大人しく座って瞑想した方が回復は速いのだがな。

瞑想により魔力を回復させてはアクアゼルを倒す。

それを何度か繰り返し、本日七体目のアクアゼルを撃破した。

「おっ」

アクアゼルを倒した後に、青い宝石を見つけた。

「ジェムストーンの破片だな……純度が低いので宝石屋に安く売れる程度だが」

魔物を倒すと、アイテムをドロップすることがあり、このような宝石だけでなく、例えば剣や盾といった武器防具など、その種類は多岐《たき》にわたる。

力尽きた戦士や魔導師の武具を透過したマナと他の物質を透過したマナが混ざり合って魔物化し、その魔物が倒されたときに、マナがアイテムとして再構成されると言われているが、詳しいことはわかっていない。

ちなみに冒険者たちはこういったドロップアイテムを売り買いし、日々の生活を送っているのである。

ジェムストーンの破片をポケットにしまっていると、暗くなってきたことに気づく。夕方という時間に加え、雲が出てきたせいでいっそう暗く感じる。

「っと、そろそろ帰るとするか。あまり遅くなると、母さんに怒られてしまうしな」

街へ帰るべく歩いていると、はるか先に多くの馬車が隊列を組んでいるのが見えた。

行商隊だろうか。何かレアなアイテムを売りに来たのかもしれないな。

ま、今のワシには関係ないし、とりあえず家に帰らなければな。

そう思ってのんびり歩いていると、馬車の一つから火の手が上がっているのが見えた。

遠目からでよくわからないが、武器を持った男が馬車を襲っているようだ。

先刻まで、他に人などはいなかった……ということはつまり――

「雇った傭兵の裏切りか」

もしくは、盗賊が傭兵に扮《ふん》していたか。

やれやれ、謝礼をケチって身元のわからぬ怪しい傭兵を雇っていたのだな。

しかしこの状況、行商隊の人たちには不幸だが、ワシにとっては幸いともいえる。

ここで彼らを助ければ、謝礼として高価なアイテムを貰《もら》えるかもしれないからな。

とはいえ、盗賊の強さ次第だ。

魔導が使えるとはいえ、今のワシはまだまだレベルが低い。

どうしたものかと思案していると、少女を乗せた馬がワシのいる方に向かって駆けてきた。

あの戦闘から逃げてきたらしく、少女は血相を変えてワシの前に立ち塞《ふさ》がる。

「キミっ！　早く逃げなさい！　私は街へ知らせてくるから、どこか奴らの目の届かない場所へ……」

そこまで喋《しゃべ》ったところで、少女の胸から一本の矢が突き出てくる。

血塗《ちまみ》れの矢じりに目線を落とした少女は、直後に口から血をごぶりと吐き出した。

ゆっくりと、スローモーションのように馬から転げ落ちた少女はワシの方に手を伸ばし、ワシの背後を指さす。

口をぱくぱくと動かしていたが、すぐにその目からは光が失われた。

――逃げて。

唇《くちびる》の動きから察するに、そう言ったようだ。

あまりの出来事に呆然としたが、それはすぐに怒りに変わった。

最後までワシを心配していた少女の横に座り、見開かれたままの瞼《まぶた》を閉じてやる。

「まったく、ワシの心配より自分の心配だろうがよ……！」

拳《こぶし》を握り締め、ゆっくりと視線を少女から行商隊へ移す。そこには、馬に乗った盗賊が、手に持っている弓を下ろし、ワシの方を向いているのが見えた。

背負った矢筒からゆっくりと矢を取って番《つが》える。

のろのろとした動作で狙いをつけているのは、ワシが逃げ惑う様《さま》を見たいからだろうか。

だが、お前の思うようにはなるまいよ――!!

ゆっくりと弓を引き絞る盗賊目がけて念じるのは、空《くう》系統初等魔導ブラックショット。

魔力で生まれた風の弾丸は盗賊の頭に命中し、その拍子に引き絞っていた矢はあらぬ方向へ飛んで仲間の背中に突き刺さった。

二人の盗賊が馬から落ち、他の盗賊もそれに気づいてワシの方を見る。

二人の仲間が子供の魔導師に倒された、その事実に大いに動揺しているようだ。

対して、こちらは冷静。

先刻はつい感情的になって攻撃してしまったが、今はひどく落ち着いている。

この手の外道《げどう》は掃いて捨てるほどいる。

それこそ、前世ではいくら狩ったか覚えていないほどに……！

――さくり、と効率的に。

「狩ってやろう、ゴミ共……！」

ワシの言葉に呼応するように、黒い雲の隙間から稲妻が走る。小雨が降りだし、風も吹いてきた。

「大降りになる前に帰りたいところだな」

残りの三人の盗賊共とワシの間には、かなりの距離がある。

先ほど使ったブラックショットは、ブラックボールの強化版だ。

弾速の速い空系統、しかもその強化版とはいえ、これだけの距離があると大したダメージは与えられない。

しかもさっきの奴は油断していたからな。こちらに気づいた今となっては、大人しく当たってなどくれないだろう。

盗賊共はバラバラと、左右に散り始める。距離を取りつつ弓矢で攻撃するつもりだろう。

魔導師相手の戦闘の基本は距離を取っての遠距離合戦か、犠牲を覚悟した上での突撃である。

盗賊共は、前者を取ったというワケだ。

とはいえ、こちらもそれは想定のうち。バラけ終わる前に、連中に向けてレッドウェイブを念じる。

――緋《ひ》系統初等魔導、レッドウェイブ。

広範囲に熱風を走らせ、攻撃する魔導である。威力は低いが攻撃範囲がかなり広く、敵の注意を自分に向けさせたり動きを止めたりと、様々な使い方ができるのだ。

地面を走る熱風が、馬の脚毛を焼いていく。

「ヒヒィィン！」

突然、熱風に襲われ驚き暴れ出した馬たち。乗っていた盗賊たちは、馬を制するのに必死だ。

とはいえ、この位置からの魔導では盗賊共を殺しきれない。

単体魔導で一人は倒せても、一度に三人を仕留めるのは厳しい。

今のワシが一撃で全員を仕留めるには――

「大魔導を使うしかないか」

いつの間にか黒雲が頭上を覆い尽くし、雨も風も強くなってきた。

そろそろ頃合いだろう。

精神を集中し、呪文の詠唱を開始する。

「あまねく精霊よ、嵐のごとく叫び、雷のごとく鳴け。天に仇《あだ》なす我が眼前の敵を消し去らん……ブラックサンダー！」

魔導を解き放つと、空を覆う黒雲が突如裂け、そこから強烈な閃光が盗賊三人に降り注いだ。

眩《まぶ》しい光が辺りを包み、少し遅れて轟音《ごうおん》が鳴り響く。

盗賊たちの立っていた場所にものすごい土煙が上がり、しばらくすると雨と風で徐々に収まっていった。

「さて、ちゃんと倒せたかね……」

一応、雷の落ちた場所を確認しに行く。

地面は抉《えぐ》れ、土は黒く焼け、盗賊共は跡形もなく消滅していた。

ほっと一息ついた瞬間、意識を持っていかれそうなほどの眩暈《めまい》に襲われる。

ギリギリのところで踏みとどまったワシは、目を瞑《つぶ》り深呼吸を繰り返した。

大魔導の消費魔力はかなり多い。今のは恐らく、魔力の限界を少し超えてしまったのだろう。

ごろりと大の字に寝転び、目を閉じた。

瞑想《めいそう》により、少しずつだが身体が楽になっていく。

――空《くう》系統大魔導、ブラックサンダー。

他の大魔導に比べ消耗は少ないが、曇天《どんてん》でしか使えない欠陥魔導である。ただしその効果は凄まじく、対象を全てサーチし、回避不可能の強力な一撃をお見舞いするのだ。

まぁ使いにくいが、強力な魔導ではある。

しばらく瞑想したおかげである程度魔力が回復し、大分まともな思考力が戻ってきた。

だが、未だ倦怠感《けんたいかん》がつきまとい、気分も悪い。やはり魔力を使いすぎてしまったのであろう。

行商隊の方を見やると、一人のでっぷりとした男がワシの方をちらちらと見ていた。恐らくあいつが行商隊のリーダーだろう。

ワシは何とか立ち上がり、まずは改めて少女の遺体に向かって手を合わせた。

そして、本来の目的を果たすべく、行商隊の方へと歩き出す。

男に近づくと、向こうから声をかけてきた。

「おお、素晴らしい！　君が私達を助けてくれたんだね！　まだ少年なのに、ここまで強力な魔導が使えるとは！」

もじゃもじゃの髭《ひげ》を束ねた中年の男性が、ワシを褒めちぎる。

行商隊のリーダーと名乗ったこの男は、しっかりと助けてもらった恩を感じているようだ。

こちらとしては、話が早くて助かる。

「しかし運が良かった。君が助けてくれねば、我々は全滅していたよ。本当に感謝している！」

「だが残念だったな。犠牲も出てしまったのだろう」

「最悪の事態は回避できた。やはり運がよかったよ！」

盗賊に襲われている時点で、運はよくないと思うのだが。

まぁ、何事もポジティブなのは良いことか。

「とりあえず礼の品をいただきたいところだな。魔導師用のアイテムなどが望ましい」

ワシの要求に、きょとんと目を丸くする行商隊のリーダー。

む、少しストレートすぎたか？　いまいち、こういった交渉事は苦手だ。

しかし、彼はすぐさま笑みを浮かべた。

「はっはっは。あぁいや、そうだな。言葉だけの礼では意味がない。当然、存分に礼をさせてもらうよ」

外見が子供なのが幸いしたようだ。少しばかり失礼な物言いだっただろうが、男は気にしなかったようである。

ワシは昔からこういった人の心の機微《きび》を読むのが苦手なので、実際どう思ったかはわからないが……

「しかし流石《さすが》にこの状態ではもてなすことはできぬ。明日辺りにでも、また改めて礼をさせてもらえないか？」

「わかった」

「では、街までお送りしよう」

ワシは行商隊の馬車に乗せられ、ナナミの街へ移動していく。

行商隊の者たちに英雄扱いされてワシは良い気分を味わえたが、一部の者はひどく沈んでいた。

恐らく、盗賊の犠牲者の遺族であろう。先刻殺されたあの少女の知り合いもいるのだろうな。

仕方があるまい。ワシも長年連れ添った仲間と死に別れたことは幾度となくある。

確かに辛いが、今のワシには可哀想《かわいそう》に、と言葉をかけるくらいしかできない。

しばらくして、ナナミの街に辿《たど》り着いた。

行商隊一行の街での滞在先を聞いて、彼らと別れる。

そして、やっと家に帰ってくることができた。

夜も遅いのに部屋には明かりが灯っている。

う～む、これは確実に一時間説教コースだな。

頭に角を生やしているであろう、母さんの顔を想像しつつ、げんなりした顔でワシは家のドアを叩くのであった。

◆　◆　◆

——瞑想《めいそう》。

精神を集中させ、魔力を効率的に回復させる技術である。

体内に張り巡《めぐ》らされた魔力線を通して、魔力を増幅させながら体中に行き渡らせていく。

「……ぃてるの？　……フ？」

「……」

「ゼフっ!!」

「はいっ、ごめんなさい、母さん」

すまなそうな顔をするワシを、怒り心頭といった顔で睨《にら》む母親。

本日夜遅く帰ってきたので心配しているのだろうが、ちょっと説教が長すぎではないか。

結局二時間近く説教され、その間ずっと瞑想していたおかげでワシの魔力は十二分に回復していた。

冷めた食事をとって自室に戻ると、ベッドに腰掛けてスカウトスコープを念じる。

ゼフ=アインシュタイン
レベル7
魔導レベル
　緋：6／62
　蒼：6／87
　翠：9／99
　空：8／89
　魄：0／97

おっ、スカウトスコープで見られる範囲が増えているぞ。

スカウトスコープのレベルが上がったのだろう。ここのところ、しょっちゅう使っていたからな。

未だレベル０の魄《はく》の魔導だが、そろそろ修業に取り掛かれるかもしれない。

行商隊のアイテムをちらりと見せてもらったが、良いモノがあったのである。

くっくっ、今から楽しみだな。

明日貰《もら》えるものに期待しながらワシは布団を被り、眠りについた。

◆　◆　◆

学校が終わると、すぐさま行商隊が泊まっている宿に向かった。

宿屋の主人に呼び出してもらうと、黒いボブカットの少女が小走りに駆けてきた。

髪がぼさぼさでみすぼらしい格好をしている。恐らく小間使いの奴隷《どれい》か何かだろう。

「お待ちしておりました、ゼフさまですね？」

「うむ」

少女に案内されて部屋の前に着いたワシは、扉を開けて中に入る。

待ち構えていたように両手を広げ、笑顔でワシを迎える行商隊のリーダー。

「おぉ、よく来てくれたゼフ殿！　歓迎するぞ！」

「うむ。それでは、早速見せてもらえるか？」

「魔導師のゼフ殿なら、それ用のアイテムが希望なのだろう。こちらに用意してある。自由に選んでくれ」

傍《そば》にいた少女が大きな宝箱を開けると、そこには荷馬車にあった大量のアイテムが並べられていた。特に高価なものを見繕《みつくろ》っている辺り、中々好感の持てる男である。

「この宝箱の中のモノであれば、いくらでも持ち帰ってくれ」

「全部でも構わぬ、と？」

「もちろん」

太い腹を突き出して答える。見た目通りの太っ腹だ。

とはいえ、こんなデカい宝箱は持って帰れぬし、母さんに見つかったら一大事である。

高いものからいくつか、母さんにバレない程度に頂いていこう。

ガチャガチャと音を立てながら宝箱を漁っていく。

こういうのは純粋に楽しい。何が入ってるかわからないおもちゃ箱には、誰でもワクワクするものだろう。

魔導を覚えるために使うスクロールは無視だ。かさばるし、ワシはこの時代の魔導は全て習得している。……軽くて高価で、特殊な効果を持つアクセサリー、見るべきはこれだな。

大量のアイテムの中から、蛇の骨を模《かたど》ったリングを見つける。

——蛇骨のリング。

魄《はく》の魔導は、発動の際に媒体としてジェムストーンを必要とし、強力な魔導ほど大量のジェムストーンを消費する。

初等魔導は一度使うとジェムにひびが入り、何度か使うと壊れる。中等魔導は一度につき一個、大魔導は一度で数個壊れてしまう。

あまりにもカネがかかるため、魄の魔導は使い手が少ない。

しかし、この蛇骨のリングを身につけていれば、初等レベルならジェムストーンを消費せずに使うことができるのだ。

まずはこれ。それから次に……あった。

――テレポートピアス。

これはテレポートという特殊な魔導が使用できるアクセサリーで、視界内であればどこにでも瞬時に移動することができる。

ただし普通の魔導より集中力が必要なので、戦闘中に使用するのは難しい。テレポートで相手の攻撃を避けて、隙だらけの背中から攻撃する、といった使い方は不可能である。

とはいえ、移動に関してはかなり使えるし、魔導師必須のアクセサリーといえた。

あとは特にめぼしいものはないな。

ワシは残りのアイテムのうち、換金率の高いアクセサリーを、上から持てるだけ頂いておいた。

あらかじめ持ってきた風呂敷に、ひょいひょいと摘《つま》んで載せていく。

行商隊のリーダーはワシの遠慮のない行動に苦笑いしていたが、特に止める様子はない。

まぁ盗賊に全て奪われることに比べれば、この程度で済むならマシだ、ということなのだろう。遠慮することはあるまい。

ワシは見繕《みつくろ》ったアイテムを風呂敷に包み、帰り支度をした。

「それではありがとう」

「あぁ、是非《ぜひ》また来てくれ、今度は客として」

「考えておくよ」

何とも商売人らしいリーダーを尻目に、ワシは部屋を後にした。

扉の前で待機していた少女に再び案内されて宿の外へ出ると、突然、少女はワシに頭を下げた。

そのまま頭を上げようとしない少女に、ワシは尋ねる。

「……どうしたのだ?」

「お兄ちゃん、私のお姉ちゃんの仇《かたき》を取ってくれたんですよね……ありがとうございました」

……なるほど、そういうことか。

この子は昨日、ワシの目の前で殺された少女の妹なのだろう。そういえば、少し目元が似ている気がする。

ワシは少女の真っ直ぐな瞳から目を逸らし、答えた。

「気にするな、ワシが自分のためにやったことだ」

「私たち奴隷《どれい》なの。いつか二人で自由になろうって決めてたんだけど……ダメ、だった……」

少女はその年齢に似合わぬ、翳《かげ》を帯びた表情でつぶやく。

年不相応な仕草は苦労の年月の証なのだろう。

少女の手を握り、風呂敷からアクセサリーを一つ出して渡す。

「これをやる」

「え……？」

「君が成長し、いつか自由を得るために……自分で自分を買うために使うんだ」

あまり目利きは得意ではないが、少なくとも奴隷《どれい》一人分くらいは買える値段のアクセサリーである。

少女の手を包んでアクセサリーを握らせると、少女はワシの顔を見上げてきた。

「……いいの？」

「あぁ、姉さんの分も幸せに生きろよ」

宿を出るワシを、少女はいつまでも見送っていた。

やれやれ、柄にもないことをしてしまったな。

今日はもう家に帰ってゆっくり休むか。

山の上の自宅を視界に捉え、テレポートを念じると一瞬にして自宅までたどり着いた。

久しぶりに使ったがテレポート、やはり便利な魔導だ。

これで行動範囲がかなり広がるな。

◆　◆　◆

放課後。

学校に通う子供は、基本的にこの時間を楽しみにしているだろう。

遊びたい盛りの子供にとって、学校の勉強より大事なものなどいくらでもある。

ワシも然《しか》り。

蛇骨のリングとテレポートピアスを手に入れたことで、ワシの行動範囲は大きく広がった。

異界に干渉する魄《はく》の魔導はアンデッドや霊体など、この世の理《ことわり》に反した魔物に効果が高い。

この手の魔物は非常にタフなので通常攻撃で戦うのは苦労するが、弱点である魄の魔導を使えば楽に倒せ、かつ得られる経験値も多めである。

棲息域が少ないため狩場は限られているのだが、丁度運良く、ナナミの街から行ける距離にアンデッドのあらわれるダンジョンがあるのだよな。

ダンジョンは、特に濃いマナの影響によって、強力な魔物が大量にあらわれるようになった場所である。

その分、魔物を倒して得られる経験値も大きく、効率的に修業できるというワケだ。

早速街を抜け出して、遠くに見える岩の近くまで移動するよう、テレポートを念じる。

こうすれば、一足で相当な距離を稼げるのだ。やはりテレポートは便利だな。

足元からアクアゼルがあらわれたが、無視だ。

同様に繰り返してテレポートを念じると、ぐんぐん景色が流れていく。

「見えてきたな」

遠くに古い建物を捉える。

あそこだ。

一旦、テレポートをやめ、建物に近づく前に瞑想《めいそう》を行う。

魔力をかなり消費してしまったので、回復せねばな。

辿《たど》り着いたのは、朽《く》ち果てた教会。

かつては孤児院の役割もしていて子供も沢山《たくさん》いたそうだが、いつしか教会を利用する者がいなくなり、そのまま打ち捨てられてしまったのだ。

今となっては、マナの影響で死者が闊歩《かっぽ》するダンジョンと化している。

ワシが駆け出しの頃、師匠に連れられて来たっけな。

……っと、そろそろ魔力も回復してきたし、行くとするか。

ワシは教会に向け、テレポートを念じた。


「相変わらず不気味な雰囲気だな」

教会の敷地内では朽ちた黒い木々にカラスが止まっており、空には黒雲が立ち込めている。

ダンジョン化した場所は、あらわれる魔物に応じてその形を作り変えることもある。こうした影響からは、つくづくマナの強力さを思い知らされる。

教会の敷地に一歩足を踏み入れると、墓の陰《かげ》からいくつかの人影があらわれた。

――ゾンビである。

人間の死体が動いているような魔物で、全体が腐っており、白い骨がちらほらと見える。

といっても実際に死体が動いているワケではなく、ダンジョンのマナが死体を通透して具現化しているだけなのだ。

「三匹、か」

ゾンビはノロノロとハエが止まりそうな動きで攻撃を仕掛けて来るが、遅すぎる。

攻撃を軽く避け、ゾンビ三匹を対象にホワイトボールを念じる。

蛇骨のリングが白く光り、ワシの掌《てのひら》から放たれた光弾はゾンビ三匹を一撃のもとに葬《ほうむ》り去った。

「一撃か、あっけないものだ」

魄《はく》の魔導は使用の際にジェムストーンや蛇骨のリングなどの媒体になるものが必要だが、その代わり他の系統の魔導より効果が高いものが多い。

ホワイトボールは他系統のボール系の魔導と違い、一度に複数を対象にすることが可能なのだ。

ゾンビを倒し、経験値がワシの身体に蓄積されるのを感じていると、前方に多数の魔物の気配を感じる。

どうやら一気にあらわれたようだな……好都合だ。

ワシはニヤリと笑い、踵《きびす》を返して歩き出した。

不気味な空気漂う墓地を、鼻歌交じりに歩いていく。

「～♪　～♪」

後ろには大量のゾンビ。二十四はいるだろうか。

あーうーと呻《うめ》き声を上げながら、ワシの後ろをのろのろとついてくる。

「そろそろいいか」

墓地を歩き回り、通路の狭まったところで立ち止まった。

そして、後ろを振り向き、ゾンビに手をかざしてホワイトボールを念じる。

白い光弾がゾンビの群れに降り注ぎ、ぼろぼろと穴だらけになりながらゾンビたちは地に還っていった。

――と同時に。

ぐん、と力の上昇を感じる。

む、レベルが上がったな。

まだレベルが一桁であるワシが、経験値の高いゾンビを二十体も倒したのだ。

そりゃ上がるさ。

自身を囮《おとり》にしてわざと魔物をかき集め、ある程度集まったところで一掃する戦法は「列車」と呼ばれ、魔力を節約できる優れた戦い方なのである。

ただし、倒せなければ自らのかき集めた魔物の大群に反撃される羽目になり、下手をすると命を落としてしまうため、素人にはオススメできない。

自分が追いつめられるリスクを考えると、足が遅くて頭の悪いゾンビなどにしか使えない。

ゾンビの大群を消し去ってまた歩き始めると、すぐに次のゾンビが湧き始める。

うむ、敵の数も申し分ない。

やはり、ここは良い狩場だ。


何時間繰り返しただろうか。

つい夢中になって、時間を気にしていなかった。

没頭すると時間を忘れてしまうのは、ワシの悪い癖《くせ》である。

だが、これがなければ前世で魔導師として大成することもなかったであろう。

ちなみに母さんもワシのこの性格は熟知しており、最近では余程遅くならぬ限り怒られることもない。

「そろそろ帰るか」

教会敷地の出口まで行き、そこまでついてきたゾンビの大群をホワイトボールで消し去る。

教会からテレポートで何度も飛び、帰宅する頃には少し暗くなり始めていた。

ギリギリ夕飯に間に合ったので、母さんから説教を受けずにすんだ。

食事を済ませてすぐ自分の部屋に行き、スカウトスコープを念じる。

ゼフ＝アインシュタイン
レベル10
魔導レベル
緋：6／62
蒼：6／87
翠：9／99
空：8／89
魄：7／97

バランス良く上がっている。

これからも、しばらくは朽《く》ち果てた教会で狩りを続けるつもりだ。

できれば魄《はく》以外の魔導でも、一撃でゾンビを消しされるようになっておきたい。

魔導レベルは、高レベルになるほど、上がりにくくなる。

実際、スカウトスコープで確認するとよくわかる。

翠《すい》や空《くう》の魔導は他の魔導より二倍近く使っているはずだが、そこまでの差はついていない。

むしろ、今日初めて使った魄の魔導に追いつかれつつある。

まぁ経験値の高いゾンビを効率的に倒したので、それも当然といえるのだが。

ある程度まで全系統の魔導を伸ばし、その中で気に入った魔導を一点集中で鍛《きた》えるのが普通の魔導師の修業方法だが、今生《こんじょう》でワシは全ての魔導を才能限界まで伸ばしたい……いや、伸ばす。

今後の修業の算段をしながら、ワシは寝床についたのであった。

3

「――あまねく精霊よ、嵐のごとく叫び、雷のごとく鳴け。天に仇《あだ》なす我が眼前の敵を消し去らん……ブラックサンダー！」

雷雲から数本の稲光が閃《ひらめ》き、蠢《うごめ》くゾンビたちを一撃のもとに消し去る。

この朽ち果てた教会は、常に曇天《どんてん》なのがいい。これもマナの影響だろうか。

条件が揃《そろ》わないと使えない上に、詠唱も長いブラックサンダーであるが、動きの遅いゾンビ相手ならば何とか使用することができる。

今のワシの魔力で使える大魔導は、これくらいしかない。

以前盗賊に使ったときよりはマシとはいえ、それでも一回で魔力を七割は持って行かれるな。

ワシは魔力を回復させるべく、即座に瞑想《めいそう》を開始する。

倒すだけならホワイトボールで十分なのだが、空《くう》や翠《すい》など、使いにくい魔導にも慣れておかねばならない。

強力な魔物相手に、全く鍛《きた》えていない魔導を使うのは危ないからな。

最近はブラックサンダーを中心に、様々な魔導も試している。

とはいっても、やはりホワイトボールに頼る場面も多々あるのだが。

瞑想を終えて、また列車戦術を開始しようとすると、遠く離れた教会の建物の陰《かげ》にゾンビの群れが見えた。

あれは……ただ群れているわけではないな。

目を凝らすと、その中心には王冠を被り錫杖《しゃくじょう》を持った、赤いマントを羽織った骸骨《がいこつ》がいた。

その昏《くら》い眼孔《がんこう》に目玉は見えぬが、強い意志を感じる。

「死者の王、か」

あれはこの朽《く》ち果てた教会のボス。

一定周期であらわれる、通常の魔物とは比べ物にならぬ強さを持った魔物である。

強力なマナで構築された身体は殆《ほとん》どの攻撃を弾き、その討伐は容易ではない。

しかし、倒せば他の魔物の数倍の経験値を得られ、相当な高値で売れるレアアイテムをドロップすることもあるのだ。

ボスは基本的に一人で倒せるものではなく、何人かのパーティを組んで戦うものであり……まぁ、今のワシでは倒すのは絶対に無理だろう。

ソロでのボス狩りができる者は相当限られ、周到な準備をして何とか可能、という話を聞いたことがある。

「そう言えば師匠も、昔よくボス狩りをしたと言っていたな」

ワシもその域に足を踏み入れるときが、いつか来るかもしれないな。

死者の王に待っていろよと呟《つぶや》くと、ワシはテレポートでさらに死者の王から距離をとって狩りを続けたのであった。

◆　◆　◆

——そんなゼフを、木の陰から見つめる少女が一人。

左右に結ばれた美しい金髪が、短いスカートと共にひらりとなびく。

少女はゼフを見て目を細め、笑った。

「あれが……ナナミの街の少年魔導師ね」

そう言って、少女はスカウトスコープを念じる。

ゼフ=アインシュタイン
レベル16
魔導レベル
緋：12／62
蒼：11／87
翠：13／99
空：12／89
魄：15／97

「ゼフ=アインシュタイン……か、結構鍛《きた》えてるじゃない。でも……」

少女はゾンビの群に手をかざし、ブルーゲイルを念じる。

――蒼《そう》系統大魔導、ブルーゲイル。

大気中に水流の渦を発生させ、水竜巻を生み出す魔導である。

小さな魔物は空中に巻き上げ叩き落とし、大きな魔物は水流の刃で削る。

大魔導の中では比較的威力が低めだが、その分念唱時間が短く使いやすい。

ゾンビたちは水竜巻に巻き込まれ、空中に舞い上げられていく。

「にひひ♪　この程度のゾンビで尻尾巻いて逃げるようじゃあね」

得意げに笑う少女の横を、黒い魔力球が掠《かす》る。

その直後、背後で炸裂した魔力球に少女は小さい悲鳴を上げた。少女が竜巻の中を見ようと目を凝らすと、いきなり死者の王が少女に向かって突撃してきた。

「――な、死者の王っ⁉」

大魔導であるブルーゲイルを使った直後なので、集中力のいるテレポートをすぐに使うことはできない。

少女は即座に後ろに跳んでブルーボールを放つが、死者の王の足止めにはならなかった。

死者の王が無表情で少女の足を掴《つか》み捻《ひね》り砕く……そうなる一瞬前、ギリギリで少女はテレポートで回避することができた。

「はあーっ……はぁーっ……や、やばかった……っ！」

獲物を見失って辺りを徘徊《はいかい》する死者の王の様子を、荒い息を吐きながら窺《うかが》う少女。

壁に寄りかかり、額をぬぐった少女は死者の王をちらりと横目で見つつ、精一杯強がったように笑う。

「た、たまにはボスと戦ってみるのも悪くはないかな！　彼みたいに逃げてばっかりじゃ、いざ強敵と出会っても狼狽《うろた》えるだけだし……ま、まだまだってところかしら！　あはっあははは っ！」

朽《く》ち果てた教会の片隅で苦しい笑い声が響いたのだが、それを聞いた者はゾンビしかいなかった。

◆　◆　◆

数日後。

普段は学校に着くなりすぐ眠るのだが、今日は眠れなかった。

教室がいつもより騒がしいが、そんなことが理由なのではない。

いるな……

学校の一階、職員室の辺りだろうか。

ここからでも感じ取れるほどの、強い魔力を持った人間。

魔導師の気配である。

こんな田舎《いなか》では魔力を持つ者は少ないし、これほどはっきりと魔力を感じるのだから間違いあるまい。

魔導師の狙いは恐らくワシだろう。

以前クラスメイトにからかわれた際に魔導を使って対処したが、実はあれはワシの存在を世間に知らしめるためのアピールだったのだ。

ナナミの街は小さな田舎街だが、それ故に情報が広がるのは速い。

噂を耳にした魔導師協会や戦闘系のギルドの者たちが、ワシをスカウトに来るかもしれない。

今のワシにはコネも金もないが、実力は並の冒険者クラスにはある。

いわゆる天才魔導少年だ、引く手は数多《あまた》だろう。

どこかの組織に所属すれば、さらに効率的な狩りが可能となる。

所属が決まって生活基盤さえできてしまえば、この街から出ても構わないからな。

母さんには少し悪いが、効率よく修業をするためだ。好きにやらせてもらう。

さて、件《くだん》の輩《やから》はアタリかな……？

くっくっと机に突っ伏したまま笑っていると、ガラガラと教室の扉が開き、クレア先生が中に入ってきた。

そして顔を上げているワシに気づいて、にこりと笑う。

「あら、ゼフ君が起きてるなんて珍しいわね」

クレア先生の皮肉に、誰も笑わない。

みんなワシにビビっているからな。

それに全く気づいていないクレア先生は構わず続ける。

「はーい、今日は皆に転校生を紹介しまーす！」

転校生だと？　まさか先刻感じた魔力は、ワシと同じ子供の……？

思考がまとまらぬうちに、扉を開け一人の少女が入ってくる。

長い金髪を赤いリボンで結び、左右に伸びたツインテールがふわりと揺れる。

ひらひらの白い服、膝丈より少し上のスカートは、ナナミの街ではあまり見られぬものだ。

女子も男子も「おお〜っ」と声を上げている。

少女はクレア先生の横に立ち、優雅に笑うと小さな口を開いた。

「ミリィ＝レイアードです。皆さん、よろしくお願いします」

丁寧な挨拶と沸き立つ歓声。

彼女は歓声に手を振って応えながらも確実に、その大きな瞳でワシを捉えていた。

向こうもワシが魔導師であることに気づいたのだろう、ミリィは目を少し細め、笑う。

「それじゃ、ゼフ君の隣が空いてるし、そこでいいかな？」

勝手に決められてしまった。

ツインテールを揺らしながら、ミリィと名乗った少女はワシに近づいてくる。

視線が交差し、ミリィは何故《なぜ》か勝ち誇ったような笑みを浮かべると隣の席についた。

「それでは授業を始めまーす！」

クレア先生の声で皆、教科書を広げる。

ミリィは真面目に授業に参加するようだが、ワシは眠りにつくのだった。


すぐに休み時間になり、ワシは修業には行かずにうつ伏せのままミリィの方に耳を向ける。

転校生、しかも珍しい装いのミリィに皆興味津々なのだろう。

すぐにミリィの席には人だかりができてしまった。

「ミリィちゃんどこから来たの？」

「かわいー服ね！　どこで買ったの？」

「やっぱりベルタの街？　あそこ都会だもんねぇ～」

騒がしい子供たちとは対照的に、ミリィは冷静に丁寧な口調で答える。

「父が隣の街で魔導師をやっているのですが、仕事の都合でこの街に引っ越すことになりましたの。それでこの学校に通うことになったのですわ」

「……下手な嘘だな」

ワシの言葉に空気が凍る。

突っ伏していた顔を起こし、ミリィを睨《にら》みつけた。

「何か私に御用ですか？　えーとゼフ君でしたか？」

「ハッ、ワシと話したいなら、回りくどい手を使わなくていい。何なら、今から外で話すか？」

「素敵な提案ですが、すぐに授業が始まりますよ？」

なんだこいつ、あからさまに演技をしている。

だが下手な演技だな。所詮《しょせん》は子供だ。

とりあえず、話に乗ってやるか。

「まぁいい、放課後まで待ってやろう」

「ふふ、楽しみにしていますわ」

そう言うと、ワシはすぐにまた机に突っ伏して目を閉じた。

隣から、「ミリィちゃんあいつやばいよ！」などと聞こえてくる。

やばいだと？　ワシがやばいなら、こいつも十分やばい。

恐らく十二歳くらいだろうか、まだ子供のくせにその身体に内包する魔力の量は今のワシより多い。レベルも大分上と見た……天才、というヤツだろうか。

父親が魔導師とか言っていたので、その影響もあるのだろうが、どちらにしろ末恐ろしい子供である。

◆　◆　◆

そして放課後。

校舎裏でワシとミリィが対峙《たいじ》する。

遠巻きに視線を感じる……話を聞いていたクラスメイト共が成り行きを見守っているのだろう。

少しうっとおしいが、まぁ放っておけばいい。

「朽《く》ち果てた教会で、ゼフ君の戦いぶりを見ましたわ」

「ほう、それでワシのスカウトに来た、と？」

「察しが良くて助かります。私はギルド『蒼穹《そうきゅう》の狩人《かりゅうど》』のスカウトです」

「なるほど」

低レベルの狩場で、ギルドの者がソロで狩りをしている者を勧誘する、ということは稀《まれ》にある。

ギルドというのは気の合う冒険者たちの集まりである。一人では困難な仕事をしたいときにパーティメンバーを募ったり、アイテムや仕事を融通《ゆうずう》したり、その他諸々をギルドの仲間で協力し合い達成していこう……まぁそういった目的で結成される。

しかしそれは建前で、ダラダラとただ馴れ合うだけのギルドや、リーダーに兵隊のように扱われるギルドなどもあり、良いギルドばかりとは限らない。

人が集まれば、軋《きし》みも生まれるということだ。

「『蒼穹《そうきゅう》の狩人《かりゅうど》』……聞いたことがないギルドだな。意味もわからぬし、半端にカッコつけようとしてるところがなんかダサいぞ」

「はぁっ⁉　だ……ダサくないしっ！　『蒼穹』も『狩人』もかっこいいじゃないっ！」

「バカめ、単語の一つ一つの響きが良いからといって、安易にくっつければ良いというわけではないのだ。というか、素が出ているぞ？」

ぐっ……と口を噤《つぐ》むミリィ。

やはりまだまだ子供か、丁寧口調がすぐ剥《は》がれてしまった。

そもそも、ワシ相手に舌戦で勝とうなど百年早いのだよ。

「はぁ……やっぱり慣れない喋《しゃべ》り方はヤメヤメ。本音で語らいましょう。私のことはミリィと呼んで。私もあんたのこと、今からゼフって呼び捨てるから」

「いきなりキャラが変わったな。……まぁその方がわかりやすくて好ましい」

「……ふん」

ぷい、と照れくさそうに目を逸らすミリィ。

最初からそうしろというのだ、馬鹿め。

ギルドの勧誘自体は大歓迎だが、腹を割って話さぬ奴の話などマトモに聞けるかよ。

「ギルドの勧誘の話、実はワシも興味がない訳でもない」

「ほんとっ？」

ぱあっと表情を明るくしたミリィだが、前世でワシはひどいギルドに入って何度か痛い目を見たことがある。

当然、但し書きをつけておく。

「条件がある。まず自由だ。ワシは束縛されるのが何より嫌いだからな。無意味だと思った集会など、かったるいものはやらんぞ。あくまでもワシの行動の決定権はワシにある」

「オーケイ、問題なし」

おっ、これを認めるか。

頻繁《ひんぱん》に開かれるであろう面倒な集会に参加しないというのは、割とワガママな要求なのだがな。

これだけで安心はできぬが、少なくともこのギルド加入、ワシにとってプラスの可能性が高い。

「次に脱退も自由、気に食わぬことがあったら、ワシはいつでも抜けるぞ」

「オーケイ、問題なし」

こちらも問題なし、か。なれば、断る理由はない。

ギルド自体は、できるだけ早く入りたいと思っていたのだ。

ミリィのような強い魔導師のいるギルドであれば、特に。

今のワシのレベルでは、ゾンビ狩りもそろそろ効率が悪くなってきた。

パーティでの狩りができるようになれば、より強力な魔物にも挑めるし、効率面でもかなり有利になる。

それにギルドの仲間がいれば、このナナミの街から出てもっと美味い狩場に移ることも可能だろう。

「では、ギルドマスターのもとへ案内してもらえるか？」

「その必要はないわ。『蒼穹《そうきゅう》の狩人《かりゅうど》』のギルドマスターは私だからね」

っと、やはりそうか。実は、何となくそんな気はしていた。

ギルド名をバカにしたとき、やけに食ってかかってきたし、自分でつけた名前なのだろう。

「ギルドマスター直々のお誘いか、光栄だな」

「驚かないの？」

「ワシのような優秀な者には、そういうことも珍しくないのでな」

「んなわけないでしょ！」

ツッコミを入れられるが、嘘ではない。

少なくとも前世では、ワシは多数のギルドから引っ張りだこだった。

ま、年をとってからは面倒になって、どことも関わりを持たなかったがな。

「まぁいいわ、それじゃ加入してくれるのね？」

「あぁ」

「では早速やりましょうか」

ギルド加入式のやり方は色々あるが、『蒼穹の狩人』はたいして大きなギルドではないだろうし、こんな場所でやるのだから、簡単なものだろう。

そう考えていると、ミリィはポケットの中をごそごそと漁っている。

おいおい、ギルドメンバーの証をポケットにいれてるのか、この女は。

……まぁワシもそういうところはズボラだが……

「じゃ～ん！　円環の水晶～！」

これは仲間同士の繋《つな》がりを高める水晶である。

地味に高価な代物で、主に——ギルドを結成する際に使用する。

「おい！　まさか貴様……」

「ミリィ＝レイアードの名において、今ここに新たなギルドを設立する！　集《つど》いし地の名は『蒼穹の狩人』！　円環の水晶よ、われらを繋ぎ、導きたまえ！」

円環の水晶は眩《まばゆ》い光を放ち、ワシとミリィを包み込む。

光が収まったときには、ミリィの手の平から円環の水晶は消滅していた。

……ギルドが結成されたのである。

「これでよし！　んじゃ、私がギルマスで、ゼフが副ギルマスね～」

「な……」

聞いたこともない弱小ギルドどころか、新規のギルドだとぉ!?

「……騙《だま》しおったな」

ワシの睨《にら》みつけるような視線を、ミリィはぺろりと舌を出して返したのであった。

◆　◆　◆

「ここが私たちのギルド、『蒼穹《そうきゅう》の狩人《かりゅうど》』の拠点よっ！」

そう言って案内されたのは、旅人たちが一時的な滞在先として利用する集合住宅地。

金を出せば貸してくれるその一室に、ギルド『蒼穹の狩人』の拠点……という名のミリィの部屋があった。

「まぁその辺に座って座って！」

と言われても、座る所がないんだが。

最近引っ越して来て、片付けていないのだろう。部屋には、大量の荷物が手つかずのまま放置されていた。

服や食器など日用品は出しっぱなし。スクロールや、本も読んだまま開きっぱなし。

ワシも片付けなどあまりしない方だが、これはひどい。

仕方ないので、ワシは荷物の上に腰掛ける。

「あ！　そこ私の椅子なのに！」

「どう見ても荷物ではないか……」

他に座る場所も見つからないので仕方なく立っていると、ミリィはカップに注いだコーヒーを二つ持ってくる。

……立って飲めと言うのか。

「それじゃ、まずは自己紹介から始めるべきかしら」

ミリィのコーヒーを傾ける優雅な仕草が、妙に絵になる。

ごたごたした室内とのミスマッチが、特に。

さぞ良い教育を受けたのだろうが……ミリィの本来の性格は、恐らくズボラだな。

「と言っても、学校で話したことはだいたい事実よ。違うのは両親がいないってことくらいね」

「それは……寂しいな」

「もう慣れたから」

そう言いながらも、コトリ、と荷物の上にカップを置くミリィの手は少し寂しそうに見えた。

だが、彼女はそれを感じさせぬように笑顔を向けてくる。

「でね、私仲間を集めてるのよ！　最強のギルドを作るために！」

「最強……ねぇ」

「最初はいろんな人を勧誘してたんだけど、中々真面目に聞いてくれる人がいなくて……やっぱり同年代じゃないと駄目《だめ》だな〜って思ったんだけど、同年代で強い子っていないのよねぇ」

「そりゃガキで戦闘ができるヤツなど、そうはおるまい？　ワシやミリィは特別だろう」

その言葉にミリィはにっこり笑い、ワシの肩をぱちんと叩いてくる。

「そこでゼフの噂を聞いたワケよ！　ナナミの街に幼くして魔導を使える天才少年がいるって」

以前教室で魔導を使い、ワザと目立ったのが良かったようだな。

スカウトを行うのは駆け出しのギルドか、しょっちゅう人死《ひとじ》にが出て戦力が足りなくなる、いわゆるブラックなギルドが多い。大手のギルドはスカウトなどせずとも、入りたい冒険者はいくらでも来る。

今回のような新規立ち上げのスカウトは想定外だったが、人数が少なければ自由が利くので、それはそれで悪くない。こちらとしてもラッキーだった。

ミリィ＝レイアード。

頭の方は少し残念だが、見た感じ戦闘力は確実に高い。パーティの戦力としては期待できるハズだ。

ま、せいぜい利用させてもらおうではないか。

くっくっ、とほくそえんでいると、ミリィがワシに顔を近づけてくる。

「ギルド、入ってくれてありがとね、ゼフ！　断られたら泣いちゃうところだったんだから」

笑顔ではあるが、少し目がうるんでいるミリィ。

まぁ、この年齢で家族もいないし、ここまで魔導を使えるようなヤツだと、同年代で話の合う者もいなかっただろう。

ワシと話していると、すごく嬉しそうである。

……少し可哀想《かわいそう》なヤツなのかもしれないな。

「ふふふ、ところで新規メンバーには、入団記念としてある物を進呈しているのよ」

おもむろに、荷物を漁り始めるミリィ。

「あれー？　どこいったかなー？」と言いながらさらに部屋を散らかしていく。

……こんなんだから、部屋が汚いのだろう。

「あったあった！　これよ！」

取り出したるはスクロール。魔導のスクロールを入団記念品として新メンバーに与えるギルドは多い。

しかし、ワシは売っているスクロールの魔導は全て覚えているので、必要ないんだよな。

「悪いが必要ない。恐らく、もう覚えている魔導だ」

「え～そうかな？　きっと初めて見る魔導だと思うよ？」

「魔導師協会で売っているスクロールは大体読んだからな」

「へぇ～？　ふぅ～ん？　本当に？　そう言い切れる？」

ニヤニヤ笑ってワシを見るミリィは、相当にうざい。

……ミリィの誘いに誰も乗らなかった理由が、なんとなくわかった気がした。

しかしやけに自信たっぷりだが……どうせ協会の新しい魔導とか、そんなところだろう。

まぁいい、見せてもらおうではないか。

「……いいだろう、ならば賭《か》けるか？　この魔導、ワシが既知か否かを」

「いいわよ？　負けた方が何でも一つ言うことを聞く、というのでどうかしら？」

「よかろう」

ミリィはワシが未来の情報を持っていることなど知らないだろうが、ワシの頭にはこの時代では未知の魔導すら入っているのだよ。

「それでは見せてみるがいい」

「それでは見てみるがいいーっ！」

ミリィが広げたスクロール、その文字を追っていく。

魔導文字でそこに記されていた魔導を理解したワシは、愕然《がくぜん》とした。

「……馬鹿な……」

「ふふん♪　どーお？　知らない魔導でしょ？」

「……」

——否、ワシはこの魔導を知っている。

一人の天才魔導師が協会に持ち込み、今までの魔導理論を覆《くつがえ》した新魔導。

ワシが時間を遡《さかのぼ》るきっかけともなったもの。

「スカウトスコープ……！」

そう呟《つぶや》くワシの顔を見て、ミリィが驚きの表情を浮かべる。

「ま、まさか知ってるの……？」

「い、いや……こんな魔導は知らなかったよ。凄いな、革命的な魔導だ」

「で、でしょーっ!?　よーっし！　私の勝ちぃ！」

——ということにしておく。

何十年も存在が知られていなかった魔導。

恐らく、ミリィの家族が編み出した固有魔導であろう。

うかつに「知っている」と言って、ミリィにあれこれ詮索《せんさく》されると厄介なことになりそうだ。

まさか、こんな昔からスクロール化までされていたとは。

「お父さんがね、最強の魔導師を目指していたんだけど、途中で自分の限界に気づいたんだって……後悔したらしいよ？　何でもっと早く気づけなかったんだってさ」

ワシにはその気持ち、痛いほどよくわかる。

魔導のレベルは60近くになると、一つ上げるために一年近く修業せねばならない場合もある。非常に時間がかかるため、実は限界に達しているということを自覚することは難しい。

すでに限界であることを知らずに魔導を鍛《きた》え続けた数年、数十年……その後悔は察するに余りある。

「それがきっかけかな。私が生まれて、私には同じ思いをさせたくないからって、お父さんが編み出したのが、このスカウトスコープ」

魔導を生み出すことができるのは、強い意志を持つ魔導師だけだ。

まず明確な意志を持って魔導のイメージを創り上げ、何年もの年月をかけて、熟成させる。原形ができるとそれを何度も行使しながら、修正し、整え……理想の形を作ってゆく。

そうしてやっと完成するのが術者オリジナルの魔導、固有魔導と呼ばれるものだ。

固有魔導をスクロール化するのにも長い月日がかかるが、スクロールを作って協会で売り出してもらえば、生涯金に困らないほどの富を得ることができる。

しかし魔導師というのは変わり者が多いのかそれで金儲《かねもう》けをしようとする者はあまりおらず、開発者の寿命とともに消えていく固有魔導も多い。

とはいえ、一族のみに代々受け継ぐべく、スクロール化することもあるようだ。

当然スクロールで覚えた固有魔導は、開発者本人のものより効果は低いが。

「……良い父上なのだな」

「ぜんっぜん！　すぐ怒るし、修業修業で全く遊んでくれなかったし、家のことはやらないしっ！」

怒ってはいるが、どこか嬉しそうな表情だった。

ワシがそれに気づいて言ってやると、ミリィは少し照れ臭そうに笑う。

「しかしスクロールが公式化されていないということは、それはミリィのために遺した固有魔導だろう。ワシみたいな赤の他人にホイホイ教えてよいのか？」

「何言ってるの、ゼフは『蒼穹《そうきゅう》の狩人《かりゅうど》』の副リーダーだし、もう他人じゃないわ！」

そう言えばそうだったか。

ギルドのことなど、完全に忘れていた。

ミリィはギルドというものは初めてなのだろう。

一つ忠告しておいてやるか。

「ミリィ、ギルドというのは、そんなに強い繋《つな》がりではない。利害が一致してたまたま一緒にいる他人くらいの認識でいた方が良いぞ。ギルド内での殺人や強盗なんかもよくある話なんだからな」

しかし、ミリィは胸を張って言った。

「私は見る目があるからだいじょーぶ！　ゼフはそんなことするヤツじゃない！　目を見ればわか

る！」

ミリィは真っ直ぐワシの目を見て微笑む。

屈託《くったく》なく笑うのは人間の闇を知らないからか、はたまたそれすら知った上で、なのか。

「……とにかく、あまり固有魔導は見せびらかすものではない。教える相手は選ぶことだな」

「はいはい、副リーダー様の有難いご忠告、頭に入れておきます！」

もうこの話はやめ、とばかりにおどけた様子で両手を上げるミリィ。

全く困ったヤツだな。

「そんなことよりさっきの賭《か》け、私の勝ちよねぇ」

「あ、あぁ……そうだったかな」

完全に忘れていた。

スカウトスコープを知らなければ、何でも言うことを一つ聞くのだったな。

ミリィは、にた〜っと悪戯《いたずら》っぽい笑みを浮かべ、顔を近づける。

「何でも言うこと一つ、聞いてもらうからね♪」

「やれやれ、わかったわかった」

◆
◆
◆

夕暮れの狭い室内で、ミリィの苦しそうな声が響く。

その顔は紅潮し、服は汗びっしょりで、息も荒い。

「んっ……くぅ……はっ……あっ」

「おい、無理するな。汗びっしょりだぞ？」

少し心配になり声をかけてやるが、問題ないと言わんばかりにワシに笑いかけてくる。

「だいじょうぶ……だからっ……いっきに……っ……！」

「……わかった。一気に行くぞ」

「「せーの」」

ずごごごご。

ギシギシと床を軋《きし》ませながら、ベッドを部屋の片隅にぶち込んだ。

「ふぃ～なんとか終わったねぇ、部屋の片付け」

「あぁ、汗で気持ち悪い」

「手伝ってくれてありがとねっ！」

ミリィの頼みで部屋の片付けを手伝ったワシは、埃《ほこり》まみれの部屋の窓から顔を出し、夕暮れを眺める。

頬を撫《な》でる風が心地よい。

「なぁミリィ」

「ん……？」

「ギルドメンバーを集める件だが、しばらく待った方がいい。人数が増えるとリーダーであるミリィの面倒が増えるし、そもそもお前の眼鏡にかなう同年代のヤツなど、そうはおらん」

それに、スカウトスコープの存在を世に出すのはまだ早い。

できればワシらだけで独占しておきたい魔導だ。

ニヤリ、と歪《ゆが》めた顔をミリィに見られぬように、外を向いたまま続ける。

「なぁに、ワシがいれば百人力だ。ワシはまだレベルは低いが、お前が思っている以上に使えるぞ？　ミリィの戦闘力も恐らく高いのであろうし、しばらくは二人でなんとかなるだろう……ミリィ？　おいミリィ」

返事がない。

見るとミリィは、いつの間にかベッドの上ですぅすぅと寝息を立てていた。

「……全く、人の話を聞けよな」

「んにゃ……」

ため息をついて、気持ち良さそうに眠っているミリィの頬をつつくと、なんとも気の抜けた声が返ってくるのだった。

4

翌日、ワシは学校でいつものように魔導の修業をしていた。

ワシの鍛《きた》えるべき魔導は、当然攻撃用のものだけではない。

まずマジックアンプ。これは次に行使する魔導の威力を上昇させる魔導である。

マジックアンプは念じる時間が長いため、これを使うよりも同じ魔導を複数回使った方が効率的な場合も多い。しかし、これがあれば一撃で倒せる魔物が増えるので、鍛えておくと便利な魔導である。

そしてスカウトスコープ。ミリィの家でスクロールを見たとき気づいたが、スカウトスコープというのはワシが思うよりもっと広い用途で使えるようだ。

まず、各系統のレベルだけでなく、魔導ごとのレベルを見られる。

たとえば、ワシのレッドボールは現在レベル11、ホワイトボールはレベル14。各魔導のレベルがわかれば、次にどの魔導を鍛えるべきかがわかりやすく、その魔導が弱点の魔物を狙えばさらに効率的に修業ができる。

そしてもっと重要なのがこれだ。

ミリィの方を見て、スカウトスコープを念じる。

ミリィ＝レイアード
レベル25
魔導レベル
緋：22／94
蒼：32／98
翠：19／92
空：12／96
魄：15／85

ミリィは蒼《そう》系統の魔導を中心に、バランス良く鍛《きた》えている。

特に蒼系大魔導、ブルーゲイルは相当なレベルになっており、ずいぶんとお気に入りのようだ。

蒼系統の魔導は攻撃、回復、補助とバランスがよく、ソロ志向の強い魔導師はこれを優先的に鍛える場合が多い。

とまぁ、こんな具合に他人のレベル、所持している魔導とその魔導レベル、名前を覗《のぞ》けるのだ。

これはかなりヤバい。

魔導師同士の戦いで得意な魔導を覗かれるということは、戦い方の傾向を知られるということで、すなわち死に直結する。相手の使ってくる魔導がわかれば、それに対処する方法もわかるからだ。

スカウトスコープのレベルが上がれば、覗ける魔導の種類も増えるのであろう。

プライバシーなどあったものではない。

未来で魔導師協会が売っていたスカウトスコープは、恐らく協会によって効力を弱体化されたものなのであろう。

こんなモノが広がると、確実に世界が大混乱に陥るからな。

ワシとしても、自分達だけ使えるほうが何かと有利になるので、この魔導は世に広がって欲しくはないのだが、スクロールを協会に持ち込むかどうかの決定権はミリィにある。

せめて、先んじて知ったことをアドバンテージにしよう。どうせいつかは広まるのだ。

それにしてもミリィのヤツ、才能限界が高いな。やはり天才か。

ともあれ、マジックアンプとスカウトスコープは授業中にも修業できる数少ない魔導であるからして、最近ワシは授業中ずっとこの二つを交互に念じている。

白い目を向けてくるミリィは、当然無視だ。

お、スカウトスコープのレベルが上がったようだな。

◆　◆　◆

そして全ての授業が終わった放課後、ぐっすりと眠っていたワシはミリィに叩き起こされる。

「ゼフ、行こ！」

「……あぁ」

短く会話を交わし、ワシとミリィは教室を出る。

クラスメイトがワシらを見て何やらヒソヒソと言っていたが、全く気にしない。

ミリィは最初のうちはクラスメイトに囲まれていたが、やはり話が合わないのか、ひと月もすると話しかける者は殆《ほとん》どいなくなっていた。

魔導師とただの子供では、やはり価値観が違いすぎるのだろう。

ったく、こんな小さなうちに魔導など教わるものではないな。

ワシとミリィは階段を駆け上がり、屋上へ辿《たど》り着いた。

ワシは息を整え、屋上から遠くを見つめてテレポートを念じる。

テレポートの効果範囲は視認できる場所全部なので、高い所から使った方が移動距離を稼げて効率がよい。

到達地点から更に連続してテレポートを行い、行き着いた先は朽《く》ち果てた教会である。

ここが今のワシらのメイン狩場となっていた。

「じゃ、いつもの所で落ち合いましょ！」

「わかった。ではあとでな」

教会の敷地の入り口で反対方向に別れる。

そしてワシは列車作戦をすべく、ゾンビ達を引き連れ、ゾロゾロと歩き始めた。

これだけいると、何匹か列車から離れるゾンビもいる。

ワシは地面に手をかざし、グリーンウォールと唱えた。

ワシの手から広がった魔力の波動は、地面に溶けて魔力の蔦《つた》を生成していく。

足に蔦が絡まったゾンビたちは、振りほどこうとじたばたしている。

——翠《すい》系統補助魔導、グリーンウォール。

大地に魔力の蔦を生やし、広範囲にいる敵の足止めをする魔導だ。

ゾンビの群れが足を取られてる間に、散らばったゾンビ数匹を合流させ、グリーンウォールの効果時間が切れたゾンビの群れを、またズルズルと引っ張ってゆく。

ミリィと決めた目的地まで、あと少しか。

ワシの後ろはすごいことになっている。

恐らくゾンビ百匹はいるだろう。

グリーンウォールを駆使したとはいえ、ここまでかき集めるには苦労した。

遠くでも似たようなゾンビの群れが見える。

ミリィだ。

ミリィの近くまでなんとかゾンビ共を引き連れてゆき、ミリィもワシに向かって近づいて来る。

ある程度近づいたところで身体の向きを変えて、互いに後ろ歩きで進んでいく。ワシとミリィが背中合わせになった瞬間、同時にゾンビ共に向かって魔導を放った。

「ブルーゲイルっ！」

ワシが放ったのは、ホワイトボール。

ミリィの目の前のゾンビは水竜巻に巻き上げられ、ワシの方のゾンビには光の魔力球が降り注ぐ。

「まぁ合わせて二百匹はいるし、十分だろう」

「ふふん、私のが多いわね」

張り合ってどうする。

見るとミリィの服は、ゾンビ共の攻撃が引っ掛かったのだろうか、少し破れている。

危なっかしい奴め……いくら集めることができても、死んでは意味がないのだぞ。

「いいから早く陣取れ。すぐに復活して来るぞ」

「ハイハイ」

悪態をつきながらミリィもワシも、瞑想《めいそう》を開始する。

魔物を倒すとそれを構成していたマナはその場で散り、一部は倒した者に吸収され、残りは大地に還元される。

大量の魔物を同じ場所で倒すと、そこにはマナが多く溜《た》まり、割と速いサイクルで魔物がまとめて復活してくるのだ。

その性質を利用し、ダンジョン内の魔物を一カ所にまとめてから狩ることを「ためこみ」という。非常に効率的な狩り方だが、上手く連携が取れずに崩れたときはパーティが危機に陥ることになるので、素人にはおススメできない。

よく大人数のギルドで行われる効率狩りの一つである。

狙い通り、ゾンビが数匹、すぐに復活してきた。朽《く》ち果てた教会内のゾンビほぼ全てをここに集めているのだ。当然だろう。

復活したゾンビに、ワシは再びホワイトボールを撃ち込む。

一撃で全て消し去ると、すぐにまた別のゾンビが地面から湧き出して来る。それをまたホワイトボールで……と、何度か繰り返し、魔力が減ってきたところで、ワシは蛇骨のリングをミリィに渡し、瞑想に入った。

これでミリィは、ジェムストーンなしでホワイトボールを使えるワケだ。

ミリィもまた、ワシと同じように湧いてきたゾンビにホワイトボールを撃ち込み続ける。

そしてワシに蛇骨のリングを返し……と、交互にゾンビの塊を倒していく。

ギルドメンバー同士が近くにいると、魔物を倒したときにその経験値をメンバーで分割して得ることができるので、この手法だと一人で狩るより効率が良い。

凄まじい経験値の上昇を感じる。

おっ、またレベル上がった。

◆　◆　◆

ゾンビ狩りを小一時間ほど続けたであろうか。

ホワイトボールで消し飛ばしたゾンビの群れの中から、赤いマントを羽織ったゾンビがあらわれた。

「やばい！　死者の王だ、逃げるぞ！」

「ちょ……待ってよ、ゼフっ！」

言うが早いか、ワシはテレポートで離脱する。

少し遅れて、ミリィも。

「ふぅ……やばかったな」

「あ、あんたね……女の子を一人で置いていくとか、どういうことなの……？」

「触れたら死ぬような敵だぞ。そういう思考は効率的ではない。もたもたして絡まれでもしたら、二人とも死ぬ危険があるのだぞ」

そう言って、ワシは文句を垂れるミリィを睨《にら》みつける。

どうせ今の二人で戦っても勝てない相手だし、お互い一刻でも早く逃げた方が被害が少ないというモノだ。

「しかしあいつ、邪魔よねぇ～」

カラカラと歯を鳴らして徘徊《はいかい》する死者の王を見て、ミリィが頬を膨《ふく》らませた。

邪魔と言ってもどうしようもないではないか……そう言おうとした瞬間、ミリィが何か思いついたように、悪戯《いたずら》っぽい笑みを浮かべる。

「ねぇゼフ、あいつ二人で倒してみない？」

「は？」

「なーに間抜けな返事してんのよ！　アイツと戦ってみないかって言ってるの！」

いきなり何言ってるんだ、ミリィの奴は。

ボスの強さがわかっていないのだろうか。あまりにも無謀《むぼう》すぎるだろう。

「……ワシはまだ死にたくはない」

「私だってそんなつもりはないわよ！」

逆ギレされてしまった。

キレたいのはこちらなんだが。

「私がギルドを作ったもう一つの理由は、あのちょー強いボスを倒すためなのよ！　何度か一人で対峙《たいじ》したことがあるけど、逃げるのが精いっぱいで悔しくて……いつか絶対倒してやるーっ！　って作ったのが、『蒼穹《そうきゅう》の狩人《かりゅうど》』なんだから！」

「それで最強のギルドか。確かにボス狩りはそれに繋《つな》がるが、二人ではな……」

「ゼフが勧誘はやめろって言ったんじゃないっ！」

……そうだが。

確かに、そうなんだが。

「大丈夫！　ちゃあんと戦略は考えてある！　イケルイケル！」

ニコニコしながら、自信満々に言い切るミリィ。

確かに二人なら、ボスを狩る手段はいくつかある。

しかし、リスクが高い。今のワシらでは、死者の王に軽く撫《な》でられただけで死にかねない。

ボスは鍛《きた》えられた熟練の冒険者たちが、パーティを組んで倒すものなのだ。

「やはり無謀《むぼう》すぎる。やめた方がいい」

「大丈夫！　確実に勝てる方法があるから！」

怪しい商人かおのれは。

ジト目で見るワシに、得意げな顔で解説を始めるミリィ。

「まず私がボスに魔導を撃ち込んで、こっちに気づいたボスが近づいてくる前に、ゼフが私を連れてテレポートする！　魔力が尽きたら回復、それを繰り返すの！」

ワシは、呆れた顔でミリィに言い返す。

「何回繰り返すつもりか知らんが、死者の王は自己再生能力を持っている。低火力での逃げ撃ちは非効率的だ。削り切れぬぞ」

「じ、じゃあゼフがグリーンウォールとかで死者の王の動きを封じてる間に、私が魔導を撃ち込みまくるとか……」

「ボスを構成しているマナは特別だ。状態異常系の魔導は効かない」

何か考えがあるのかと思えば、何のことはない……全くの無知ではないか。

はぁ～、とため息をつき、ワシは続ける。

「……ミリィはまともにボスと戦ったことがないのだろう。あれは本当に甘く見ない方がいい。ボス狩りはワシもいつかやるつもりだが、今はまだそのときではない。もっとレベルを上げてからの方が効率的だ」

ワシの言葉にミリィは唇《くちびる》を噛《か》み、握った拳《こぶし》をぷるぷる震わせている。

言い返そうにも、できないのだろう。

前々から何となくわかっていたが、ミリィの頭はちょっと残念なのだ。

「ゼフのばかーーーっ!!」

そう言って、ミリィはテレポートで飛んで行った。

やれやれ、捨て台詞までヒネリがない。

まぁ、そこが可愛らしいところでもあるのだが……む、ミリィの飛んで行った方角、まさか……？

「あのアホ……っ！」

ワシは舌打ちをし、すぐさまテレポートでミリィを追うのであった。

◆　◆　◆

魔導の射程ギリギリの距離——ミリィはそこで死者の王に狙いを定めていた。

慎重に距離を測り、死者の王にレッドブラスターを撃ち込む。

ミリィの手から放たれた熱線は死者の王に群がるゾンビを一撃で消し去り、勢いの劣えぬまま王に直撃する。

——緋《ひ》系統中等魔導、レッドブラスター。

単体用の魔導で最も魔力と攻撃力の変換効率がよく、魔力が続く限り熱線を放射し続けることが可能だ。

射程も長く、撃ち逃げにはもってこいの魔導である。

しかし死者の王は怯《ひる》まず、ミリィ目がけて突撃して来る。

ミリィはレッドブラスターを解除し、即座に離脱の姿勢を取った。

「テレポートっ！」

すんでのところで攻撃を躱《かわ》したミリィは、死者の王に気づかれない距離まで離れると不敵に笑った。

「ふふん♪　どうよコレ。私一人だってボスと戦えるんだから！」

瞑想《めいそう》を行いながら、死者の王との距離を調節する。レッドブラスターの射程ギリギリ、死者の王に気づかれない距離から、再びレッドブラスターを撃ち込む。

近づいて来られたらテレポート。

それを何度繰り返しただろうか。

ほんの僅《わず》かな時間でミリィは顔に疲労を浮かべ、憔悴《しょうすい》していた。

汗びっしょりで息も荒い。

僅かなタイミングのズレで死に至る戦い。

緊張と焦りから精神は削られ、瞑想や魔導を上手く行えない。

だが消耗するミリィとは裏腹に、死者の王には全くこたえている様子がない。

（そ、そういえば、死者の王には自己再生があるとかゼフが言っていたっけ……）

このまま続けても効果はないだろう。

それはミリィも理解している。

「でも、ここまで来て……っ！」

ふらつく体で、距離を測るミリィ。

だがその目は霞《かす》み、足元もおぼつかない。

――そして、ついには目測を誤り、死者の王の視界内に入ってしまった。

当然、ミリィをその眼孔《がんこう》に捉え、突撃して来る死者の王。

ミリィは靄《もや》のかかった頭で自らのミスに気づき、テレポートで逃げようとするが、集中できていないため、上手く発動できない。

顔を上げると、死者の王が錫杖《しゃくじょう》を振り上げ、ミリィの脳天を叩き割ろうとしていた。

◆　◆　◆

「ちっ、馬鹿者が……」

テレポートで飛んできたワシは、ギリギリのタイミングでミリィの前に立ちふさがり、死者の王の錫杖を左腕で受ける。

みしみしと腕がへし折れる感触。

ついに力負けし、ワシの身体はミリィと共に後ろにぶっ飛ばされてしまった。

気が遠くなりそうな一撃。しかしまだ意識を切る訳にはいかない。

すぐに起き上がってミリィの腕を掴《つか》み、ワシは死者の王の前からテレポートで離脱する。

獲物を逃した死者の王がカラカラと歯を鳴らしながらフラフラ徘徊《はいかい》しているのを、ワシは遠くから確認した。

◆　◆　◆

まっすぐミリィの部屋に帰ってきたワシは、ミリィを怒鳴りつけていた。

「だから戦うなと言っただろうがっ！　ワシが間に合わなかったら確実に死んでいたのだぞっ！」

「ひっく……ぅ……ごめ……なさいぃ……」

涙でぐしょぐしょな顔のミリィ。

ミリィは部屋に帰ってから、ずっと泣きながら謝っている。

先刻、ミリィを助けに入る直前にワシは自分にセイフトプロテクションをかけていた。

詠唱が長くて戦闘中に使えるものではないが、一度だけ相手の攻撃を大幅カットできる防御用の魔導だ。

それでも腕が砕ける、死者の王の攻撃力。

ミリィもボスがどれほど危険か、よくわかっただろう。

「ボスの恐ろしさ、わかってくれたか？」

「うん……もう私、ワガママ言わないから……ごめんなさい、だから……て……ないで……」

泣きながらすがりついてくるミリィ。

うーむ、トラウマになったかもしれないな。

ミリィは将来使える人材。

ボス狩りを目的の一つとしているワシにとって、今回のことがミリィのトラウマになってしまうのは非常に困る。

早めに払拭《ふっしょく》せねば根は深くなり、回復にも時間がかかる。

くそ……面倒事ばかりだ。

だから効率的でないと言ったのに……

先刻からズキズキと左腕が痛む。

ヒーリングをかけてはいたが……どうやら完全に折れているようだな。

――蒼《そう》系統中等魔導、ヒーリング。

体内の血液に作用し、自己治癒力を増幅させる回復魔導である。

とはいえ傷の治りが速くなる程度で、骨折などの大きなケガを治すには数日を要する。

まったく、うまくいかないことだらけだ。

くそ、だんだん腹が立ってきたぞ……死者の王め。

よし、決めた！

「ミリィ」

「は、はいっ!?　何でしょうか!?」

何故《なぜ》か敬語になっている。やはり精神的ダメージは大きいようだ。

こうなったら、やるしかあるまい。

「七日後だ。準備をし、計画を立て、死者の王を倒す」

きょとんとした顔のミリィの肩を掴《つか》み、ワシは自信満々に笑みを浮かべる。

「何を呆《ほう》けている、ワシら二人で倒すんだよ」

5

翌日、ワシらは商業都市ベルタに来ていた。国内有数の貿易都市で、巨大な港には国中から様々な商品が集められる。ナナミの街から一番近い大きな街だ。

近いと言っても、テレポートで休憩を挟みながら四時間程度はかかるのだが。

今日は休日。ワシとミリィは早起きしてこの街に来ていた。

ミリィの奴、何度呼んでも部屋から出てこないので、ワシは仕方なく開錠の魔導を使って部屋に入り、寝ているところを起こしてやったのだ。

前世で盗賊の魔導師から命を助ける代わりに教えてもらった固有魔導だが、まさかこんな場面で使うことになるとはな。

盗賊仲間で使いまわすためにスクロール化していたらしいが、ワシが覚えた後はビリビリと破り捨ててやった。

ちなみに、わざわざ起こしてやったというのに、ミリィには真っ赤になって怒られた。

街に入ると、道行く先には人、人、人。

この人混みでは歩くだけでも一苦労だ。

ミリィは早くもワシを見失って、明後日《あさって》の方向に行こうとしている。

全く、世話の焼ける奴だ。

ワシはがしりとミリィの手を掴《つか》み、引っぱっていく。

「は、離してよ！　恥ずかしいじゃない！」

顔を赤くし、ワシの手を振りほどこうとするミリィ。

「駄目《だめ》だ。はぐれたミリィを探すほど、暇ではないしな」

「うぅ……わ、わかったから引っ張らないでよぉ……」

そう言って強引に連れて行くと、観念したのか、ミリィはワシの手を弱々しく握り返してきた。

この街に来た理由は、行商隊からお礼として貰《もら》ったアクセサリーを売り、ボス狩りの準備を整えるためだ。

広い街だから、売るのも買うのも時間がかかる。

順路を考え、効率的に行動せねばな。

目的の場所に移動すべく人混みを抜けていると、聞き覚えのある声が耳に届いた。

「あれ、ゼフ君にミリィちゃんじゃない」

声のした方を見やると、そこには大きな買い物袋を抱えたクレア先生がいた。

長いパンが、袋から飛び出している。どうやら食料の買い出しのようだ。

そういえば、先生の実家はこの街にあって、たまに帰ってきているとか言ってたか。

クレア先生はワシとミリィを交互に見て、ニコリと笑う。

「もしかして、デート？　いいなぁ～」

「ち、違いますっ！　ゼフ君が買い物にどうしても付き合って欲しいって言うからついてきただけで……ほら！　ゼフったら腕が折れてるし！」

「ホント～？　ミリィちゃんとゼフ君、最近よく一緒にいるじゃない？　それに手なんか繋《つな》いじゃって、怪し～な～」

「こ、これはその……っ！」

真っ赤になって手を離すミリィ。その様子をクレア先生は興味津々といった目でジロジロ見てくる。

まずい、話が長引きそうだ……完全に絡みモードだな。

「あの先生、ワシらちょっと急いでいるので……」

「二人だけで来ちゃったの？　だめよ、大人と一緒にいかないと！　と言うわけで……私も一緒に行きまーす！」

　ワシの話になど聞く耳をもたず、クレア先生はワシの手を掴み歩き出した。先生に引っ張られ、ワシも仕方なく歩き始める。

　あぶれたミリィは少し戸惑っていたが、ワシの空いている方の手——折れている方である——をぎゅっと握りしめてきた。

　ミリィの握る力が、さっきより明らかに強い。

　おいやめろばか、折れてるんだぞ。

「ねぇ、クレア先生がいたら目的果たせないでしょ？　撒《ま》こうよ」

　小声で話しかけてくるミリィ。

　その意見には賛成だが、頼むからその手を離して欲しい。

「丁度人混みだし、紛れて逃げましょ」

「わかったわかった……」

　そう言うとワシはクレア先生の手を振りほどき、急いで人混みに紛れる。

　先生は大きな買い物袋を持っているし、この人混みではワシらを追いかけるのは難しいだろう。

　案の定、突然のことに先生はあっけにとられ、ワシらをつかまえようとはしてこない。

「あ、あらあら……」

「にひひ♪　先生ごめんなさーい♪」

そう言ってぺろりと舌を出すミリィ。

こらこら、挑発はやめろ。

ミリィはワシの手を取り、人混みの中へ入っていった。

「……二人で愛の逃避行か、若いっていいわねぇ」

ふぅ、と息をつきながらクレア先生は笑い、ワシらを見送って微笑んでいた。

……何か重大な勘違いが生まれた気がする。


クレア先生から逃げたあと、ワシらはレアなアイテムを求めて、商人達の集まる露店広場にやってきた。

商人と、アイテムの売買をしようとする冒険者たちがギラギラした目つきで互いを見ている。

欲と欲のぶつかり合う恐ろしい場所だが、ミリィは恐れよりも好奇心の方が強いらしく、辺りをキョロキョロ見回しながらついて来ていた。

全く、そんなだから迷子になるんだぞ。

まっすぐ歩くワシの後ろを、手を引かれて蛇行気味にとてとてついてくるミリィ。

気分は犬の散歩だ。

前世で犬を飼っていたことを思い出し、くっくっと笑う。

ベルタの街、中央十字路を入ってすぐの街路樹の下。

前世でワシがいつも店を出していた場所に腰を下ろす。

「ミリィはここに来るのは初めてか？」

「うん。何する所なの？」

「まぁ見ていろ」

背負っていた荷物を下ろし、ワシは小さな折り畳み式の机の上にアクセサリーを並べていく。

そして値段を書いた看板を立てて……と、これで準備は整った。

「ここは露店広場だ。誰でも店を出すことができる。値段と商品を並べて、通りがかる人が買ってくれるのを待つんだ」

「……なんかめんどくさそう……」

「本でも読んでろ」

……と言ったそばから、ミリィは寝てしまった。

店番を頼んで目的のブツを探そうと思ったが、流石《さすが》に寝ているミリィを放ってはおけないだろう。

ワシはのんびり本を読みながら、客が来るのを待つ。

……

………

……………

売れない。

客が時々チラ見してくるが、買ってくれる気配はない。

うーむ、まずいな。

予定ではこの後、買い物もしなければならないのだが。

かと言って、あまりに捨て値で売るのも……

「君、お父さんの手伝い？　えらいね～」

声のした方を見ると、大きな幌《ほろ》付きのカートを引いた背の高い少女がこちらを見ていた。

長い青髪を後ろで括《くく》り、短めのシャツはその豊かな胸元を隠しきれていない。

さらに短いホットパンツからは、すらりとした長い足がのび、全体的に肌色多めの姿は、道ゆく人の目を惹《ひ》きつけている。

花柄にペイントされたカートの中は、大量のレアアイテムが整理整頓して入れられており、中にはかなり高価な物もあった。

少女はカートを止め、ワシの目線に合わせて屈み、話しかけてきた。

「でも、この値段じゃ売れないと思うな～？　相場を調べて出直した方がいいんじゃない？」

相場……！

しまったな。ワシの金銭感覚は何十年も後のもの。この時代のアイテムの相場など、知る由《よし》もない。

ちっと舌打ちをするワシを見て、優しく話しかける少女。

「よかったら、色々教えてあげよっか？」

にっこりと、人懐っこく微笑む少女の瞳の奥に光る鋭い眼光を、ワシは見逃さなかった。

……気を許しすぎない方がいいだろうな。

「私は武器屋をやってるレディアっていうの。っていっても今は修業中で、お父さんの仕事を手伝ってる駆け出し商人だけどね」

考え込むワシに、レディアは構わず話し続ける。

「あ、相場って言ってもわかんないかな。相場っていうのはね……」

「知っている。現在の市場での適正価格だろう」

あら詳しいね、と驚いた表情を見せるレディア。

「それにワシらは親の使いで来たわけではない。これでも冒険者の端くれだ」

「へえ、その歳で？　すごいじゃない」

フレンドリーに話してはいるが、このレディアとかいう女、ワシを狙っているな。

相場を知らないワシに高く売りつけるか、あるいはワシから安く買い叩こうとしているのだろう。

そうはさせまい……と言いたいところだが、正直時間がもったいない。

次にベルタの街に来られるのはいつになるかわからんし、少しだけなら買い叩かれてやるのも悪くないかもしれん。

「レディアと言ったか。ワシは回りくどいのは好まぬし、時間がないので少しならカモって構わん。魔力回復薬を持っていないか？　あとそれを入れる袋が欲しい」

袋とは、大量のアイテムを収納できるよう魔力が込められた、特別製の小さな袋だ。

魔導師協会の偉大な発明品の一つで、持ち主の魔力に応じた収納空間が袋の中に発生するというものである。

その性質上、一人一つしか持つことができない。

ただし魔力が全くない人間でも、体中の魔力線からある程度の収納空間が確保できるため、冒険者必須アイテムなのである。

ちなみに相当高いため、恐らくアクセサリーと交換するなら七割は持って行かれるだろう。

「あっはは、カモっていいか。キミ面白いこと言うね～」

「急いでいるのでな」

「交渉下手だねぇ。そんなこと言ってたら、足元見られちゃうよ？」

「だから、少々カモられても構わんと言っている」

「あっはは、正直だね～。キミみたいなの珍しいよ」

そう言いながらレディアは立ち上がり、カートの中をごそごそと漁り始めた。

「魔力回復薬は一杯あるけどさ、袋は相当高いよ～」

「だろうな」

レディアはワシの目の前に再び座り込むと、ふーむと考え込み、ワシの顔と並べられているアクセサリーを交互に見ながら品定めしているようだ。

……カモるといっても、できるだけ控えめに頼むぞ。

「コレとアレと……あとついでにソレをつけてくれるなら、袋と魔力回復薬五十個、交換してもいいかな？」

うーむ、持ってきたアクセサリーの丁度七割か……袋と魔力回復薬五十個なら、悪い交換ではないだろう。

「まぁいい、それでオーケイだ」

「交渉成立ね」

レディアはカートから袋と魔力回復薬を取り出し、袋に五十個詰めて渡してきた。

うむ、確かに。

ワシの方もアクセサリーの束をレディアに渡す。

「ありがとう、助かったよ」

「カモられたかもしれないよ？」

「だから、構わんと言っただろう？」

にやりと笑うレディアに、こちらもにやりと笑って答える。

レディアは毒気を抜かれたような顔をして、握手を求めてきた。

「こっちこそ、良い取引だったわ。これ名刺。うちの武器屋の場所が書いてあるから、今度遊びに来てね」

「あぁ」

そう言ってワシはレディアの手を握り返した。

レディアはアクセサリーをしまうと、カートを引きながら去って行った。

袋に入れればカートなど引く必要はないのだが、それほど取り扱うアイテムが多いということなのだろうか。

まぁ、そろそろ、ワシも店じまいしよう。

残ったアクセサリーは、次に来たときに売れればいいか。

ミリィを揺すり起こすと、眠そうな目をこすりながら不機嫌そうな顔をして起きた。

朝のことといい、寝起きが弱いタイプなのだろう。

相場を把握するために、帰り際に露店を軽く見て回ったが、今の相場は未来の相場に比べて全体的にかなり安めであった。

そして先ほどの交渉、悪くないどころかレディアの方がむしろ少し損をしているくらいだと判明した。

逆にこちらが悪いことをした気になるな。

思えば店の場所を教えてくれたし、宣伝の意図もあったのかもしれない。

商店街の外れの武器屋か、今度行ってみてもいいかもな。

全ての目的を果たす頃には日が暮れ始め、夕方になりつつあった。

そろそろ帰らねば、家に着く頃には真夜中になってしまう。

「帰るぞ、ミリィ」

そう言って振り返ると、ミリィは店のショーウインドウに並んでいる人形の前に張りついていた。

本当に子供だな……

ため息をつきながらミリィの手を引っ張り、街の外まで歩いて行く。

今度は一人で来よう……そう誓いながらテレポートを念じるのであった。

◆　◆　◆

帰る途中、ナナミの街まであと少しといったところだろうか。

視界にアクアゼルが入った。

ふむ、少し試してみるか。

ワシがテレポートを止めると、ミリィも一緒に止まる。

「どうしたの？　ゼフ」

「あぁ、ちょっとした実験をしようと思ってな。先に帰ってもいいぞ？」

「そんなこと言われたら気になるじゃん、私も見たい！」

「勝手にしろ」

実験というのは、とある魔導を使ってみることだ。

これは時間遡行《そこう》の魔導タイムリープを開発する実験段階で編み出した、ワシの固有魔導。

いや、これを進化させたのがタイムリープというべきか。

今のワシのレベルでこの魔導を使えるかどうかは怪しいが、使えるなら死者の王を倒す成功率は飛躍的に高まる。

よし。そして次は……

瞑想《めいそう》を行い魔力を回復させて、その固有魔導――タイムスクエアを念じる。

「『レッドブラスター』」

二重に絡まった赫《あか》い熱線がアクアゼルに伸び、呑み込んでいく。

が、それだけでは終わらない。

さらに数十本もの熱線が追撃し、その全てがアクアゼルを消滅させようと貫き続ける。

一瞬にしてチリも残さずアクアゼルを焼き尽くした赫い線は、ワシの手から離れて宙に散り、残ったのは一筋の煙のみ。

ワシの魔導を受けたアクアゼルは、跡形もなく消えてしまった。

「す……すごいじゃない！　ゼフ！　何それ!?　どうやったの!?」

「……」

「こんな魔導を隠してたなんて、憎いねーっ、このこのぉ！」

「……」

「……ゼフ？」

ワシは魔力を極限まで使い果たし、どさり、と盛大にぶっ倒れた。

「ゼフーーっ!?」

倒れたワシにミリィが駆け寄って来るのがわかるが、身体を動かすことができない。

意識が遠くなっていく。

タイムスクエアは、ワシがジジイになってから編み出した固有魔導だからな。

やはり、もう少し成長せねば、まともには使えぬだろう。

ミリィが帰っていなくてよかったといったところか……

◆

◆

◆

ワシが目覚めたのは、自分のベッドの上だった。

そうか、確かベルタの街からの帰りにあの固有魔導の実験をして、ぶっ倒れたのだったか。

ミリィが家まで送り届けてくれたのだな。

感謝せねば。

ベッドから起き上がり、一階に下りると母さんから「あんまりミリィちゃんに迷惑かけちゃダメよ」と言われてしまった。

か、感謝せねば……くっ。

食事を口にかきこみながら、スカウトスコープを念じる。

ゼフ＝アインシュタイン
レベル 22
魔導レベル
緋：16／62
蒼：14／87
翠：19／99
空：14／89
魄：19／97
魔力値
582／602

魔力値か……新たな項目の登場である。

スカウトスコープのレベルが上がったことで、その性能が向上したワケだな。

魔力値は最大値から20減っている。これがスカウトスコープの消費魔力ということか。

この機能を使えば、それぞれの魔導の消費魔力がわかるな。

今日は学校は休みで、朝からミリィと修業する予定である。

そのときに色々実験してみるか。

黙々と腹を満たしていき、食後の水を飲んでいると、外からミリィの声が聞こえてきた。

「ゼ～フ～く～ん！」

「あぁ、すぐに行く！」

外へ向かって大声を返す。

ニヤニヤとワシを眺める母さんを無視し、食器を洗って家を出ていく。

ったく、待ち合わせ場所は決めてあるだろうが。

◆　◆　◆

「ねぇゼフ、今日は何するの？」

「昨日の実験の続きだ。色々試したくてな」

「へ～いいけどさ、また倒れないようにね♪」

にひひ、と笑うミリィに、ワシは何も言い返せず黙りこくる。

昨日偉そうに帰ってもいいなどと言っておきながら、家まで運んでもらったからな。

ちょっと反論しにくい。

後ろから嬉しそうについてくるミリィは気にしないことにして、魔物を探していると……いた。

ぷよぷよと地面から湧き出てきた青色のゼリー体が、ワシらの前に立ちはだかる。

アクアゼルだ。

まぁ、試してみるとするか。

「ミリィ、手を出すなよ」

「はいはい、わかってますよ」

ミリィを下がらせ、タイムスクエアを念じる。

——固有魔導タイムスクエア。

これは、念じることで周りの時間を停止させることができる魔導である。

停止した時間の中では身体を動かすことはできないが、思考は自由。

つまり、時間停止中に他の魔導を念じることができるのだ。

昨日の実験では、まずタイムスクエアで時間を停止させ、その間にレッドブラスターを二回念じた。すると、タイムスクエア解除と共にレッドブラスターが二つ同時に発動するというワケだ。

こうして発動した合成魔導は、普通に二回撃つよりも強力な魔導になる。

……とはいえ、時間停止中に魔導を使うには、普通に使うよりも更に多くの魔力を消費するからな。

昨日は倒れてしまったし、攻撃は魔力消費の少ない初等魔導から試してみるか。

念じたタイムスクエアにより、周囲の時間の流れが止まる。

時間停止中にレッドボールを二回念じ発動させると、アクアゼルに本来の四倍ほどに膨《ふく》れ上がった火の玉が降り注ぎ、一撃で爆散させてしまった。

「とりあえず、レッドボールダブルとでも名付けておくか」

「おお〜っ」

ミリィがぱちぱちと手を叩いている。

岩に座って観戦モードだ。

ふむ、大体消費魔力は全魔力の三分の一といったところかな。

次の標的を探すため歩き始めると、ミリィも岩から下りてワシについてきた。

……そこにいればいいのに、暇なのだろうか。

その後もアクアゼル相手に実験を繰り返し、そのおかげで習得済み魔導の消費魔力とタイムスクエアの細かい仕様がわかった。

タイムスクエアでの時間停止中は魔導の消費量がほぼ倍になるが、その分威力も跳ね上がる。

アクアゼルを倒すにはレッドボールでは四発必要だが、レッドボールダブルなら一撃だ。

しかし、中等以上の魔導は魔力消費が大きすぎて、今のワシでは一回で魔力が尽きてしまう。威力が増してもそこまで強力ではないし、これではコストパフォーマンスが悪すぎて死者の王戦では使えないだろう。

「……残念だが、今回のボス狩りではタイムスクエアは使えそうにないな」

「すぅ……すぅ……」

……ちなみに、ミリィは大分前から地面に横たわって眠っている。

よくこんなうるさい所で寝ていられるものだ。

寝ているミリィを放置していくワケにもいかないし、ワシはミリィから離れすぎないように魔物を倒していた。

「それにしてもタイムスクエアか……前世ではまともに使ったことはなかったが、もしかすると面白い使い方ができるかもしれんな」

タイムスクエアは、タイムリープを編み出す際に偶然習得した魔導。

当時はタイムリープを編み出すのに精一杯だったし、ジジイになってから編み出した魔導だからあまり実戦で使ったことはないのだよな。

さて、どう活かせるか……

考えていると、ふとまだ試していない魔導を思い出した。

マジックアンプ。次に使う魔導の威力を倍にするという効果の魔導だ。

この魔導の消費魔力はゼロ。その代わりに念じるのにかなりの時間がかかるのだが……ということは……

タイムスクエアを念じ、時間停止中にマジックアンプを二回念じる。

やはり、感覚的にはタイムスクエア一回分くらいしか魔力が減ってない気がする。

試しに、目の前に湧いて出たアクアゼルにレッドボールを念じてみる。

ワシの考えが正しければ……

アクアゼルに通常の四倍ほどの大きさの火の玉が降り注ぎ、一撃で撃破した。

おおっ、マジックアンプダブルは次に使う魔導の威力が四倍になる……のか?

ふむこれは……あれが使えるかもしれないな。

——緋《ひ》系統大魔導、レッドゼロを。

6

翌日、ワシとミリィは再び朽《く》ち果てた教会を訪れた。

目的は当然、死者の王を倒すことである。

かくかくと足が震えているミリィにスカウトスコープを念じる。

ミリィ＝レイアード
レベル27
魔導レベル
緋：23／94
蒼：32／98
翠：19／92
空：12／96
魄：17／85
魔力値
985／985

ワシより魔力値は上だが、ミリィは今、心が不安定な状態にある。

その心の乱れは数値には表れないが、ワシほどの使い手になるとミリィの纏《まと》う魔力から不安と恐怖が伝わってくるのだ。

それは体内を巡《めぐ》る魔力線の働きを乱し、正常な魔力の流れを阻害する。

……やはり今のミリィに攻撃役は無理だな。

「作戦通りに行く。ワシが攻撃するから、ミリィはサポートを頼む」

「わ、わかった……っ！」

……頼りない返事だな。

ワシは、おずおずと返事をしたミリィの背をバシンと叩く。

「ひゃあ!?」

「しっかりしろ。最強のギルドのマスターなのだろう？」

「あ……う、うん……」

若い頃というのは、ちょっとしたことで心が折れたり揺らいだりしてしまうものだ。

そういう者にハッパをかけるのは、いつもワシの仕事だった。

「えーと、たしかワシらのギルド名……『白翼の天馬』とかだったか？」

「…………」

沈黙が流れる。

もしかして、ワシの冗談を理解してもらえなかったのだろうか。

「ゼフ、私たちのギルドは『蒼穹《そうきゅう》の狩人《かりゅうど》』だから」

どうやら、マジに捉えていたようだ。

ジト目で睨《にら》みつけてくるミリィはワシに近づき、背中をバシンと叩いてきた。

そしてワシから顔を逸らし、呟《つぶや》く。

「……りがと」

「何か言ったか？」

「な、何でもないっ！」

そう言ってテレポートで飛んでいくミリィの口元は、少しだけ緩んでいた。

ふ、いい感じに緊張をほぐせたようである。

ワシの冗談も捨てたものではないな。

「やれやれ、ワシも行くとするか……！」

両手で頬をぱしんと叩き、ミリィとは反対側の方向にテレポートを念じる。

まずは索敵。

ワシらが準備していたここ数日の間に死者の王が誰かに倒されていれば、そもそも死者の王がいないかもしれんのだ。

ボスが新たに湧く周期はバラバラだが、死者の王は確か十日前後だったハズ。タイミングが悪ければ出直しだ。

テレポートを連続して念じ、そのたびに辺りをくるりと見回す。

おっと、ゾンビの群れだ。

ホワイトボールを念じて、ゾンビの群れを消滅させる。

死者の王はいないようだ……ハズレか。

そしてまたテレポートで飛び始めるワシの頭に、ミリィの声が響く。

——念話である。

《いたわ！》

ギルドのメンバーは円環の水晶の力で強い繋《つな》がりを得ており、念じることでギルドメンバー同士会話をすることができるのだ。もちろん、複数メンバーがいれば、会話の範囲を決めることもできる。

《マップで『九』の位置にいるわ！》

《わかった、すぐ行《い》く》

あらかじめこの朽《く》ち果てた教会をマッピングし、区画分けをして番号を振っておいたのである。

『九』の位置は墓地の中央辺りだ。

テレポートを念じ、ミリィの待つ場所へすぐに駆けつける。

「ミリィ」

「遅いわよ！」

ミリィの視線の先にあるゾンビの群れの中心にいるのは、赤いマントを羽織って、悠然《ゆうぜん》と歩く死者の王。

こちらからギリギリ視認できる距離にいるので、まず見つかる心配はない。

ワシは落ち着いてスカウトスコープを念じる。

死者の王
レベル66
魔力値
　95235／95235

先ほどテレポートで飛び回って少々魔力を減らしているので、ワシは回復のために瞑想《めいそう》を行う。

精神を集中させると、みるみるうちに魔力が研ぎ澄まされてゆく。

百戦錬磨《ひゃくせんれんま》を誇るワシの瞑想、それにより体内を巡《めぐ》る静かで力強い魔力の奔流《ほんりゅう》。

その凄みを肌で感じとったのか、ミリィがごくりと息を呑む。

くっくっ、昂《たかぶ》ってきたな。

ボスを狩るのは久しぶりだが、この緊迫感、やはり悪くない。

ワシは不敵に笑うと、ミリィの頭をぽんと撫《な》でる。

「手筈《てはず》通り行くぞ」

「わ、わかってるっ！」

タイムスクエアを念じ、時間停止中にマジックアンプを二回念じる。

マジックアンプダブル、そして更に――

「緋《ひ》の魔導の神よ、その魔導の教えと求道の極致、達せし我に力を与えよ。紅の刃紡ぎて共に敵を滅ぼさん……レッドゼロ！」

――緋系統大魔導、レッドゼロ。

全ての魔力を消費して発現する、緋系統最大威力の大魔導である。

威力は魔力量に応じて上がっていき、燃費は悪いが一発の威力だけなら最強の魔導だ。

威力が倍化されるマジックアンプはレッドゼロと相性がいいが、タイムスクエアを使って強化したマジックアンプダブルと組み合わせると更に効果的だ。

念唱時間が長く無防備時間が長いためとても一人では使えないが、今はミリィが見張ってくれている。

マジックアンプダブルにより、四倍に増幅された紅い炎の刃がワシの手から伸びる。

燃え盛る炎は剣となって死者の王を貫き、焼き続け、死者の王は苦しそうにうめき声を上げている。

四倍の、しかもアンデッドであるヤツの弱点である緋《ひ》系統の大魔導は、流石《さすが》に効果があるようだ。

が、死者の王は苦しみながらも炎の刃をへし折り、身を焼く炎を打ち払ってワシへ突撃してくる。

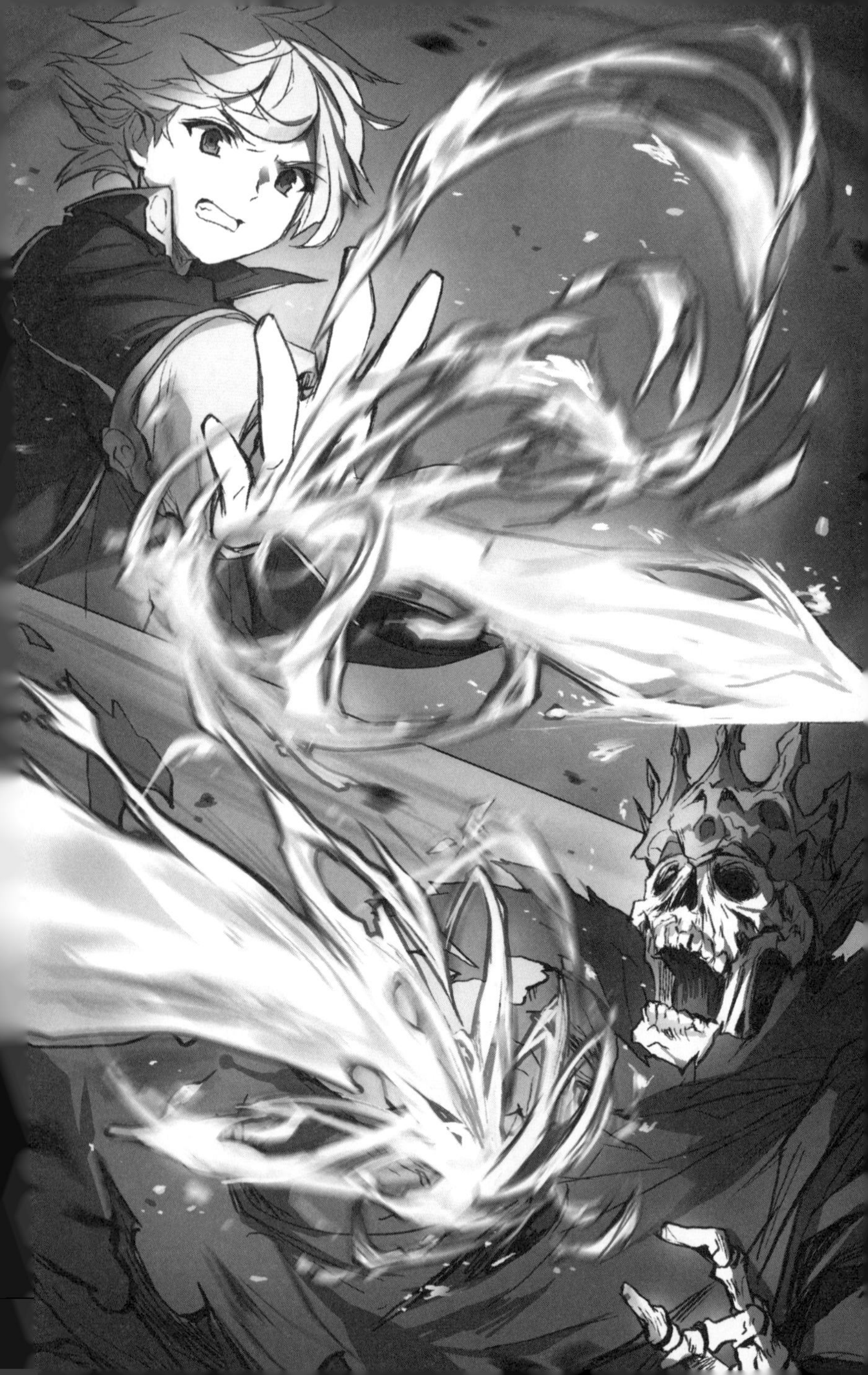

まぁ問題はない、想定通りである。

「ミリィ！」

「わかってる！」

ミリィはワシの手を掴《つか》むと、テレポートを念じて離脱した。

ギリギリ死者の王の視界内に入っているため、ワシらがテレポートで飛んだ後も死者の王は追いかけてくる。

攻撃を躱《かわ》し、何度もテレポートで逃げ続けるミリィ。

その間に、ワシは袋から魔力回復薬を取り出してごくごくと飲み干し、同時に瞑想《めいそう》に入る。

通常の魔力回復薬で回復する量は、ワシの最大魔力値の一割程度である。

だからワシは大きなビンに魔力回復薬を汲《く》み足し、一ビン飲めば魔力を全快近くまで回復できるようにしたのだ。

飲みにくく保存しにくいが、すぐ使ってしまうなら問題はない。

魔力回復薬（大）、とでも名付けておくか。

「すごっ！　今ので１５０００も削れてるよ！」

スカウトスコープを死者の王に念じたミリィが、驚きの声を上げる。

昨日の実験中、スカウトスコープを敵に使うとどうなるか試したところ、やはりその魔力値がちゃんと表れた。

試しに攻撃してみると魔力値が減少し、ゼロになると消滅することがわかったのである。

魔物はマナがその源であるため、魔力値がすなわち耐久値になっているのであろう。

「死者の王の魔力値はあと８０００……あと六発で倒せるよ！　ゼフ！」

「あぁ」

死者の王は自己再生を持っているが、これなら十分削りきれる数値である。

それに、こうしてワシらを追ってきているうちは自己再生は使用できないはずだ。

ワシは過去の経験でそれを知っている。

だからミリィには付かず離れずの距離を保ちつつ、テレポートで死者の王から逃げ回ってもらっているのだ。

そして隙あらば、スカウトスコープで奴の魔力値を探ってもらうようにも頼んである。

これは「逃げ撃ち」といい、攻撃力の高い相手と戦う際に魔導師がよく使う戦法の一つである。

魔力効率はよくないが、ミスさえしなければ強大な敵をも無傷で倒すことができるのだ。

「……よし、回復したぞミリィ。もう一度攻撃するから、大きく距離を取ってくれ」

「りょーかい♪」

ミリィの調子も戻ってきたか。

死者の王の視界外に逃れたワシは、タイムスクエアを念じた。

時間停止中にマジックアンプを二回唱え、レッドゼロの詠唱を開始する。

「……レッドゼロ！」

二度目のレッドゼロ。

ワシの手から伸びた紅い刃が再び死者の王に突き刺さる。

炎が体中から噴き出して腕が落ち、マントが焼け落ちるが、それでも死者の王はその速度を落とすことなく、ワシらを追い続けてきた。

奴の赤い瞳にとらえられたミリィが竦《すく》むが、ワシが彼女の小さな肩を抱くと、ミリィはワシを見て頷いた。

「……大丈夫！」

自身に言い聞かせるようにそう言ったミリィの頭を、ワシはぽんと撫《な》でてやる。

うむ、震えも止まっているな。

先ほどと同じようにミリィに死者の王を引きつけてもらいつつ、ワシは魔力回復薬（大）で魔力を回復させる。

そして、ワシがレッドゼロで死者の王を焼き貫く。

この流れをさらに二度繰り返した。

「あと……三発……っ！」

「無理するなミリィ、少し休もう」

「はぁ……っ！　はぁ……っ！　わ、わかった……」

死者の王から離れ、少し休息を取る。

ミリィの息が荒い。

スカウトスコープを使ってみると、ミリィの魔力は１００を切っていた。

テレポート二十回とスカウトスコープ数回だけだが、かなり消耗しているな。

通常であればテレポートの魔力消費は約20で、スカウトスコープと大して変わらない。

ミリィの最大魔力値を考えれば、本来ならまだまだ余裕のはずである。

恐らくミリィの精神状態が少し不安定なため、余計に魔力を消費しているのだろう。

「これを飲め」

そう言って、ワシはミリィに魔力回復薬（大）を飲ませる。

魔力回復薬を飲むのは初めてなのか、ミリィは一口含むと噴き出した。

おい、もったいないだろうが馬鹿者。

「うぇ……ゼフ、これすごく苦い……」

「我慢して飲み込むのだ」

魔力回復薬とワシの顔を何度か見比べたのち、ちびちびと飲む。

どうやら子供にはかなり苦いようだ。

一口飲むたびに、口の端から零《こぼ》している。

もったいない……ワシはミリィの顎《あご》から液体を拭《ぬぐ》い、ぺろりと舐《な》めた。

しかし文句を言っている時間はない。

死者の王の自己再生が始まってしまう。

ワシの魔力は既に完全回復しているが、ミリィの魔力値はまだ半分程度だ。

「もう一杯いっとくか？」

「……いい」

ゴシゴシと口を拭《ふ》きながら、ミリィは瞑想《めいそう》に入る。

やはり、まだまだ子供よ。

ワシだけでも準備を済ませておくか。

タイムスクエアを念じ、マジックアンプを二回念じる。

これで、いつでもレッドゼロを使うことができる。

「オッケー」

ミリィは目を開けてそう言ったが、恐らく魔力値は七割といったところか。

十分とは言えないが、あまり時間をかけて死者の王に自己再生を続けられても困る。

よし、行くとしよう。

「緋《ひ》の魔導の神よ、その魔導の教えと求道の極致……」

詠唱しながら、レッドゼロの射程ギリギリまで死者の王に走って近づく。

後ろには、ミリィがぴったりついて来ている。

行くぞ、と目で合図すると、ミリィはこくりと頷いた。

「……レッドゼロ！」

五発目のレッドゼロ。

炎の刃が死者の王を貫いた瞬間、その昏《くら》い眼孔《がんこう》に光が走った。

王冠が割れ落ちて額に第三の眼があらわれ、ボロボロになった赤いマントは黒く染まる。さらに、錫杖《しゃくじょう》の先が二つに割れて、そこから黒い刃が弧を描いた。

鎌のような形態をとった錫杖を両手で握るその姿は、まるで死神。

「あれが発狂モードだ。戦闘前にも言ったが、ボスはある程度魔力値を削るとあぁなる。発狂モードの戦闘力はボスによって異なるが……大体三倍近くまで上がるぞ。絶対に触れるなよ」

「う、うん……」

「大丈夫だ。触れなければ、どうということはない。セイフトプロテクションもかけてある。死ぬことはないさ、多分」

ミリィの恐怖心を和らげようとイケメンスマイルで笑いかけるが、ミリィは微妙な顔をしている。

おいミリィ、何故《なぜ》半笑いなのだ。

カタタ……と歯の鳴る音と共に死者の王が変身を終え、こちらを見る。

会話しながらも瞑想《めいそう》を行っていたが、まだ完全には回復しきっていない。

「来るぞ！」

死者の王は地を蹴り、先刻より速く突進してくる。

ミリィが身構えて移動を開始した瞬間、死者の王は鎌を振り、黒い光弾を放ってきた。

発狂モードからは追跡中にも、魔導で攻撃を仕掛けてくるようになる。

この光弾はただのブラックボールだが、ボスの魔力で行使されると侮《あなど》れない威力になる。

恐らく今のワシらに当たればタダでは済まないだろう。

――まぁ当たれば、だが。

ワシは手をかざし、ホワイトウォールを念じる。

ワシらの前に白い壁が出現し、ボスの放ったブラックボールを消滅させた。

ウォール系の魔導は種類によって効果が全く異なるが、ホワイトウォールは初等以下の攻撃魔導を、威力に関係なく全て防ぐことができるのだ。

しかし死者の王は全く気にしていない様子で、勢いそのままに接近し死神の鎌を振り下ろす。

その瞬間、ミリィがテレポートで先ほどより五分増しで距離を取る……が、別にビビった訳ではない。

死者の王は発狂モードになると、敵を捕捉する範囲が広がる。

ミリィが移動したのは、その範囲にギリギリ入っている距離だ。

ミリィはちゃんと冷静である。

ワシはごくごくと魔力回復薬（大）を飲み干し、瞑想に入る。

「あと２１０００だよ！」

ワシらが先ほど休息をとっていた間に少し自己再生したのであろう。

四倍レッドゼロを全力で撃ったときの威力は１５０００。

あと二発で削り切れる。

ワシを連れてミリィが逃げている間、死者の王がブラックボールを撃ってきたときは、ワシがホワイトウォールで防いでいる。

その間、瞑想《めいそう》での回復速度は落ちるが仕方ない。

現在のワシの魔力は八割といったところか。

あと二発のレッドゼロは全力で撃つ必要はない。

敵はかなり消耗しているし、ここで一発撃っておくか。

ミリィに目で合図すると、ワシの意を汲《く》んでくれたのか思いきり距離をとる。

タイムスクエアを念じ、マジックアンプを二回念じ……レッドゼロを解き放つ。

六発目。

紅い刃がその喉《のど》に突き刺さり、死者の王は悶《もだ》え苦しむ。

「あと１００００……！」

ミリィが呟《つぶや》いた。

あと一発、今と同じくらいの威力のものをお見舞いすれば倒せるだろうが、念には念をいれて次は全力で撃つべきだ。

魔力回復薬を飲みながら、ワシは瞑想を始める。

突進してきた死者の王をテレポートで避けるミリィに魔力回復薬を渡すと、露骨に嫌そうな顔をした。

困った奴だな……

「ミリィも飲んでおけ。いざというときに少しだけ魔力が足りませんでした、では泣くに泣けないからな。確実に仕留めるためだ。……まぁ子供には少々苦いかもわからんが」

ミリィを挑発するように言った。

バカにされたのがわかったのか、ミリィは顔を真っ赤にしてワシから魔力回復薬をひったくる。

「こ、こんなの別に大丈夫だしっ！」

そう言って魔力回復薬を一気に飲み干し、ぷはぁ、と息を吐く。

……目に涙を浮かべながら。

なんか、ミリィの動かし方がわかった気がする。

飛んできたブラックボールはワシがホワイトウォールで防ぎ、薙《な》ぎ払われる鎌はミリィがテレポートで躱《かわ》す。

丁度、死者の王がワシらを見失う距離。位置取りは完璧だ。

ミリィがドヤ顔でワシを見てくるので、少し噴き出してしまった。

だが、その行動には応えねばなるまい。

タイムスクエアを念じ、時間停止中にマジックアンプを二回念じる、そして――

「緋《ひ》の魔導の神よ、その魔導の教えと求道の極致、達せし我に力を与えよ。紅の刃紡ぎて共に敵を滅ぼさん……レッドゼロ!!」

――全力のレッドゼロ。

死者の王に向かって伸びた刃は死者の王の身を貫き、焼き、焦がし……ボロボロと崩してゆく。

さらさらと砂になってゆく死者の王を見て、ミリィがワシに問う。

「や……やったの……?」

「あぁ、ワシらの勝ちだ」

死者の王が完全に消滅すると同時に、身体に力が溢れてくるのを感じる。

どうやらレベルがあがったようだ。

恐らくミリィも。

「……っやったぁあああああああああああああああああ!! やった! やった! やった!」

ミリィがワシに飛びつき、ぴょんぴょんと跳ねる。

緊張していたからか喜びもひとしおのようで、ミリィの目の端には涙が浮かんでいた。

落ち着けとばかりに、ワシはミリィの頭を引き寄せて胸に埋めてやる。

まぁ、ワシも初めてボスを倒したときは、討伐パーティの皆で一晩飲み明かしたものだ。

気持ちはわからんでもない。

「……さて、と」

ミリィに抱きつかれたまま死者の王が消えた場所へ歩いてゆくと、その消滅した跡にキラリと光るものが見える。

小さな輪を拾い上げると、それは見覚えのある指輪であった。

「……蛇骨のリングか」

ボスは他の魔物と比べ強力な魔力で構成されており、普通の魔物がドロップするアイテムとは比べ物にならないほど高価なアイテムを落とすことがある。

蛇骨のリングは、ベルタの街でレディアと交換したアクセサリー数個分の価値があるくらい、貴重なものだ。

「わ！　蛇骨のリングだ！」

ワシが拾い上げた蛇骨のリングを見て、ミリィが嬉しそうな声を上げた。

「どうするの？　それ？」

「売る。二つも同じものはいらないしな」

袋を取り出して蛇骨のリングをしまおうとすると、ミリィがワシの手を両手で掴《つか》む。

「私、それ欲しい！」

言うと思った。

さっきから、すごいキラキラした目でこれ見てたしな。

「……うーむ、しかしあまり金がないしなぁ」

「じゃあこれと交換でいいからっ！」

そう言ってミリィが差し出したのは、青い水晶が先端についた短い杖。

――水晶のロッドである。

蒼《そう》系統の魔導の効果を増幅する杖で、まぁかなり高い。蛇骨のリングの軽く三倍はする。

「ミリィ、それの価値わかってるのか？」

「いいからっ！　はいっ！」

そう言って、ミリィはワシの胸にぐいぐいと水晶のロッドを押しつけてくる。

……ははぁなるほど、ワシと同じものが欲しいのだろう。

全く子供だな。

「……ダメ？」

断られるのを恐れているのか、また目を潤ませ始めたミリィ。

ため息を一つ吐いて、差し出された水晶のロッドを受け取り、ミリィの手に蛇骨のリングを握らせてやる。

「構わんよ、ほら受け取れ」

「わぁ～っ……ありがとっゼフっ♪」

ワシの言葉に、ミリィは花のような笑顔を咲かせた。

蛇骨のリングを小指にはめ、うれしそうな顔で手を動かして様々な角度からその輝きを見つめている。

「あまりお揃《そろ》いとか、そういう感情で装備を選ぶなよ、性能重視が基本だからな」

「～♪」

……聞いてないし。

まぁいいか。

孫におもちゃを買ってあげるジジイは、こんな心境なのだろうか。

ワシは孫どころか子供もいなかったが、中々に悪くない気分だ。

ご機嫌なミリィの頭をぽんと撫《な》でてやると、ミリィはえへへとだらしない顔で笑った。

しかし結構散財してしまったな……

魔力回復薬（大）を九個使用。一本につき千ルピの魔力回復薬を五本使っているから、四万五千ルピ……

今の低いレベルで戦ったにしてはまぁ安く済んだ方か……というか、残り一本しかなかったんだな。ギリギリの戦いだった。

蛇骨のリングもミリィにプレゼントしてしまったし、収入はゼロである。

やれやれ、大幅なマイナスで終わってしまったな。

死者の王は、ワシが大昔前世で著《あらわ》したボス攻略本では下位に属する。

仲間二、三人とともに挑めば倒すのはたやすい。

さっきのように逃げ撃ちに徹すれば、半分の下位ボスは労せず倒せるだろう。

それにしても、思った以上にタイムスクエアは応用が利くな。

四倍レッドゼロの威力はヤバい。

このレベルであそこまでの火力が出るなら、レベル90とかになったら下位ボスは一撃なのではないだろうか。

まぁ属性の相性やコストなど、色々問題はあるが。

これから先が楽しみである。

ワシは成長した自身の強さを想像し、くっくっとほくそ笑んだ。

その横でミリィも蛇骨のリングを眺め、ニコニコ笑っている。

墓地で笑う二人の子供。

他人が見れば、さぞ不思議な光景だったであろう。

しばらくの間そうした後、ワシらは朽《く》ち果てた教会を立ち去った。

◆　◆　◆

帰途、なんとなくテレポートで帰る気分になれず、ゆっくり歩きながら二人で先刻の戦いについて語り合っていた。

「でもすごいよゼフの固有魔導！　あれがあれば無敵じゃない？」

「消耗も激しいし無敵とまではな……だが、自分で言うのもなんだが使い勝手の良い魔導だよ」

くっくっ、と笑うワシにミリィはさらにつっこんでくる。

「タイムスクエア……だっけ？　その魔導、私も使えないかな？」

「残念ながらタイムスクエアはミリィには……というかワシ以外他の誰にも扱えんだろうな。タイムスクエアは時間をほんの一瞬だけ停止させるワシの固有魔導。固有魔導はスクロール化の際、かなり弱体化されてしまうのだが、タイムスクエアには劣化させるほどの効果の幅がないのだよ、仮にスクロール化したとしても、恐らく行使しても何も起きないくらいになってしまうだろうな」

「へぇ～……そうなんだ」

そもそも、スクロール化作業ができるほど暇ではない。

人がやっているのを見たことがあるが、あれは数年がかりの作業だからな。

「自分でタイムスクエアを編み出すしかないってこと？」

「固有魔導は編み出した本人の強い意志、嗜好《しこう》が重要になってくる。タイムスクエアはワシの時間に対する強い執着が生み出した固有魔導だ。ミリィの性格や生まれ持った魔力の相性が合わなければ、編み出すこと自体が不可能かもしれない」

理解してるのか、いないのか。

ふーん、とうなずくミリィに続ける。

「固有魔導を編み出すのは、本人との相性が良くても数年単位での修業が必要となる。他人の真似ではなく、自分が本当に望むものを考えた方が良いだろう。そのときが来るまでは、ひたすら魔導の修業に励むべきだろうな」

ミリィの頭をよしよしと撫《な》でてやると、ミリィは不機嫌そうにワシを睨《にら》みつけてくる。

「む～……また子供扱いして……ていうかゼフって何歳？」

ミリィの質問に、ワシの手がぴたりと止まる。

そういえばワシ、何歳なのだろうか。

多分十二、三歳くらいだと思うのだが。

「どう見ても私と同じくらいよね？　私が十三歳でしょ？　……そんでゼフが数年修業してタイムスクエアを編み出したとして……何歳で魔導を覚えたの？」

「……さて、遅くならぬうちに帰らねば、母さんが心配してしまうな……」

ワシはミリィが考え込んでいる隙に、テレポートを念じる。

「あーっ！　こらーっ待ちなさーーーーい！」

後ろから大きな声が聞こえ、即座にワシの背後までミリィがテレポートで追ってくる。

その手を躱《かわ》しつつ、またテレポートを念じる。

いらないことを言ってしまったせいで、ナナミの街まで追いかけっこする羽目になった。

まぁしかし、ミリィも完全に復活したようだ。前の明るい顔に戻ったし。

さて、これからの当面の目標としては金を稼がねばならない。

金があれば高価な装備も買えるし、魔力回復薬や魄《はく》の魔導を使うためのジェムストーンも使い放題。

幸い、まだ行商隊から貰《もら》ったアクセサリーも少しだけ残っているし、また商業都市ベルタに露店を出しに行こうか。

武器屋の少女……レディアだったか？

彼女も商人だし、会いに行ってみるのも悪くないだろう。

そんなことを考えているうちに、ワシはナナミの街にたどり着いた。

ミリィに見つかって追いつかれる前に、ワシは家までテレポートする。

流石《さすが》に家までは追いかけてこないだろう。

「ただいま」

「あらおかえり、ミリィちゃんも一緒なのね」

ミリィちゃん……だと……？

振り向くと、後ろにはぜーはー言いながら、勝利の笑みを浮かべるミリィの姿。

「よかったら、お夕飯食べていく？」

「はー……はー……はいっ！　いただいていきまーす！」

満面の笑みで返事をするミリィ。

ええいもう、なるようになれだ。

三人で早めの夕飯を食べた後、ワシは部屋に押しかけてきたミリィに夜遅くまで質問攻めにされた。

しかし、ワシが無視を決め込んでいると、ボス狩りの疲れが出てきたのか、ミリィはワシのベッドですやすやと寝入ってしまったのだった。

翌朝、母さんにそのことでからかわれたのは、言うまでもない。

7

死者の王との戦いから五日後。

今は学校は長期の休暇中。母さんには合宿と言って、ワシらはミリィの家を拠点にして修業に励んでいた。

……まぁ、たまには自分の家に帰っているがな。

というワケで、ワシとミリィは毎日のように、朽《く》ち果てた教会で狩りを続けていた。

狩場のゾンビをかき集め、ただひたすらホワイトボールを撃ち込んでいる。

ボスは強力な力を持つが故に、復活するまでしばらく日数がかかる。

数日間は邪魔者なしで狩りができるというものだ。

……しかし、ミリィの機嫌は悪かった。

「ねーゼフーぅ。もうコレ飽きたーっ」

ミリィは、この狩り方がつまらないらしい。

突っ立ってひたすらホワイトボールを撃つだけの単純作業だからな。

「もうレベルも上がらないしさぁー。他の狩場に行ってみない？」

恐らく現状では最高効率を誇るであろうゾンビのためこみ狩りだが、死者の王というリスクが消え緊張感がなくなると、流石《さすが》のワシでも眠くなってくる。

少し放って置くとすぐ寝てしまうようなミリィなどは、ボスがいる時よりもかえって危険である。

ワシのレベルも25を超え、少々上がり難《にく》くなってきた。

……そろそろ、頃合いかもしれないな。

「確かに、どこか違う狩場を探したいところだな」

「でしょーっ？　どこかいい所ないかなぁ」

甘えるようにワシの腕に引っついてくるミリィ。

ミリィのやつめ、死者の王を倒した辺りから何だか妙にべたべたしてくる。

全く、動きにくくて困るのだがな。

「わかった。ではしばらくは二手に分かれよう。ミリィは新しい狩場を開拓してくれ。ワシは金を稼いで来る」

「へ……？」

「狩場を探すのは一人でもできるだろう？　それに新たな狩場に行くにはこの装備では心許ない。元々アクセサリーを売りに露店をしに行こうと思ってたしな。役割を分担したほうが効率的だ」

「そ、そーだけど……あの……その……」

「安心しろ、水晶のロッドは手放さんよ」

「……っちが……っもういいわよっ！　わかったわよっ！　私だけでも、すごい狩場を見つけてやるんだからっ！」

そう言って、ミリィはテレポートで飛び去って行った。

やれやれ、ミリィは少し寂しがり屋なところがあるな。

ある程度一人で行動させて、自立を促した方が良いだろう。

この辺りの狩場は大体知っているが、一人で良い狩場を探すのはミリィにとっても良い修業になるはずだ。

とりあえず、ミリィに任せてみるとするか。

◆　◆　◆

そして翌日、ワシは商業都市ベルタに足を運んでいた。

目的は三つ。

露店でアイテムを売り、所持金を増やすこと。

増やした金で、使えそうな安いアイテムがあったら購入すること。

時間があったらレディアの店を冷やかすこと。

以上だ。

まずは露店広場に足を運ぶ。

金がなければ話にならないからな。

露店広場は休日しか開かれていない。

いつものワシが露店を構えている場所が見えてきたので、背負った荷物を肩から降ろしながら十字路を曲がろうとすると、急に角から人が飛び出してきた。

「あわわわわっ!?」

突進してきた少女と思い切りぶつかり、柔らかな感触に撥《は》ね飛ばされそうになる。

ワシは何とかバランスをとり踏みとどまったが、少女は尻餅をついていた。

「いったたた～」

「……大丈夫か？」

手を差し出して気づく。

……ん？　この少女どこかで見たような気がするぞ。

シャツを大きな胸の前で括《くく》った、青い髪のポニーテールの少女。

尻餅をついたせいで、ホットパンツの隙間から白い布地がちらり、と覗《のぞ》いている。

そして道に投げ出された花柄のカート。

「……レディアか」

「あれ、そういうキミは確か……んと……名前聞いてないよね？」

「そう言えば名乗っていなかったな。ワシはゼフ、ゼフ＝アインシュタインだ。余所見《よそみ》をしながら歩いていた。すまない」

「だよねぇ。私一度見た顔と聞いた名前は、絶対忘れないから」

こんこん、と自分の頭を小突きながら、あっははと笑うレディア。

彼女はふと何かに気づいたように、バッと股間を隠す。

「……見た？」

「ちらっとな」

「あっはは、見えるワケないじゃん！　私スカート穿《は》いてるわけじゃないんだよ？　ゼフ君、意外とノリがいいねぇ～」

からからと豪快に笑うレディア。

いや、普通に見えてたんだが……まぁいいや。

指摘して得することはあるまい。

「ってうわっ、ゼフ君のカバンの中身散らばってるじゃない！　拾うの手伝うよ！」

「別に構わな……って、速いなおい」

言うや否や、レディアは地面に散らばったワシの荷物をひょいひょいと拾い集めていく。

一方、レディアのカートは全くの無傷だ。

先刻、激突の瞬間にレディアは身を挺《てい》してカートを庇《かば》い、転んでしまったのだろう。

荷物を撒《ま》き散らし、自分は無事だったワシ。

自分は尻餅をつき、荷物を守ったレディア。

商人としてのプロ根性は流石といったところか。

ワシと一緒にカバンの中身を全て拾い上げ、ふぅ、と一息つくレディア。

うーむ、しかしレディアは背が高い。

話すとき、どうしても見上げる形になってしまうな。

首が痛いぞ。

「すまないなレディア。ところで急いでいたようだが、何か用だったのではないか？」

「あー、あっちでポーションとかの特売がされてたんだけどねぇ。有名な錬金術師の露店なんだけど、人気あるからすぐ売り切れちゃうのよ。だからもう間に合わないし、気にしないで」

「そうか。では気にしないことにする。ありがとう」

レディアはきょとんとした目でこちらを見て、あっははと笑う。

「いやー、本当正直だねゼフ君は。商人やってると腹の探り合いばっかりだから、キミみたいなバカのつく正直者は嫌いじゃないよ」

……あまり褒められた感じがしない。

というか、バカ正直なのは、レディアも同じなのではないか？

複雑な表情のワシに、レディアは続ける。

「ゼフ君ってベルタに住んでる人じゃないよね。今日は何しに来たの？　もしかして私に会いに来てくれたとか？」

「む……まぁ、な」

確かに目的の三分の一ではあるからな。

否定する必要もないし、照れ臭いが正直に答えておく。

金を稼ぐなら、商人であるレディアとは仲良くしておいた方が効率的だし。

「本当？　嬉しいなぁ〜。ゼフ君はまた露店？」

「あぁそうだ、所持金が心許なくてな。アイテムはあるが、換金に苦労している。実家はナナミの街なんだが、あそこは露店広場がないからな」

「ほうほう、お金に困ってるのね？　……だったら、おねえさんのウチに来ない？」

「レディアのか？」

「そ、お金の相談なら任せなさい。いい方法があるから」

そう言うとレディアは、その大きく育った膨《ふく》らみを組んだ腕で挟み上げ、妖艶《ようえん》な笑みを浮かべる。

「おねえさんが、イイコト教えてあげる♪」

◆　◆　◆

案内されて、レディアの家に辿《たど》り着いた。

「ここが私の家だよ」

そう紹介されたのは、花屋であった。

いや、よく見ると店先には斧や鈍器など、武器が値札をつけて並べられている。

「花屋なのか武器屋なのか、どっちなのだ？」

「両方。お花も武器も大好きだからね」

おいおい、こんな店で大丈夫か？

そう思いながら店内に入ると、繁盛はしているようだ。

ちゃんと武器目当ての客と、花目当ての客がいる。花と武器、互いが良質なオブジェとなって、奇妙な相乗効果を生んでいるようだ。

うーむ、店内配置の妙だろうか。興味深い。

「いらっしゃいませー、失礼しまーす！　いらっしゃいませー！　ありがとうございまーす！」

レディアは元気よく挨拶しながら、店内に入って行く。レディアに付き従い、店の奥まで入っていこうとすると、一人の大きな中年の男がカウンターから声をかけてきた。

「おう。おかえりレディア」

「たっだいま～、お父さん」

突き出た腹に前掛けをした、横にも縦にも大きい親父さん。レディアも背が高いが、こっちはさらにでかい。

やはり親子なのだろうか、二人ともビッグサイズである。

「ん、その子は？」

「あぁ、彼はゼフ君。こう見えて冒険者なんだよ」

「初めまして」

親父さんは軽く会釈をするワシをじっと見定め、ぼそりと呟《つぶや》く。

「……彼氏か？」

「ばっか！　そんなことあるわけないでしょ！」

レディアはべーっと舌を出し、ワシと自分の頭上に手をかざして身長差をアピールする。

その差は、まさに大人と子供である。

レディアがワシの手を引いて家の奥に連れて行くのを、親父さんはニヤニヤと見ていた。

連れて行かれた先は、小さな溶鉱炉や釜のある、鉄鋼材などが積まれた作業場。

恐らく、武器を制作する鍛冶場であろうか。

ただの武器商人と思っていたが、鍛冶職人でもあるのだな。

鉄と炭の匂いがほんのりと香る。

「すごい設備だな。ここがレディアの家の鍛冶場か？」

「あっはは、まぁ、お父さんが全部揃《そろ》えたんだけどね」

ワシは素人だが、これだけの設備を揃えようとしたら相当金がかかるはずだ。

一人でそれだけの金を稼いだということは、親父さんはかなりのやり手なのだろう。

「ところで念のため聞くけど、ゼフ君って魔導師だよね？　しかも結構強い」

「……何故《なぜ》わかった？　言ってないと思ったが」

「いや、カンなんだけどね。カマかけただけ」

ワシの警戒の目を、レディアはすっとぼけた答えではね返す。

うーむ、食えない女である。

「でもねー、強い人特有のオーラっての？　出てるのよねぇ。多分お父さんも気づいたんじゃないかな？」

「む……そうなのか」

親子そろって鋭いことだ。

魔力を持たぬ者には、魔導師の纏《まと》う魔力を感じ取ることはできないが、熟練の冒険者などは感覚でわかるという。

レディアもその父親も、優秀な冒険者でもあるのだろう。

「それで話っていうのはね～……」

ワシの思考を遮り、レディアはすぐ自分の話に持っていく。

おしゃべりなヤツだな。

「今日の夜、海辺の洞窟でニッパが大量発生しそうなの。それを狩るのを手伝って欲しいのよ」

ニッパとは、赤い甲羅《こうら》と大きなハサミを持った魔物である。

経験値自体は大したことないが、ニッパが時折落とす海神の涙というアイテムがかなり高値で取引されるため、よく狩りの獲物として狙われる。

普段はそこまでたくさんいる魔物ではないが、何らかの理由で海洋生物が大量発生すると、ダンジョンのマナが反応して、ニッパも大量発生するのである。

「私一人じゃ狩れる数に限度があるし、やっぱ魔導師のゼフ君に攻撃魔導でどーん！　てやっつけて欲しいのよね」

「確かにニッパ狩りは儲《もう》かる。大量発生とくれば尚更《なおさら》だ。しかし、他の冒険者も恐らくたくさん来るのだろう？　大量に倒すなら範囲の広い魔導を使う必要があるし、人がいるとトラブルになりかねないぞ」

魔物を倒して得られるドロップアイテムは、複数の冒険者が攻撃を加えていた場合、より大きなダメージを与えた者が手に入れる権利を得る。

そのルールに則ると、魔導で大ダメージを与えられる魔導師は有利で、それゆえ面倒なトラブルに発展するケースが多いのだ。

なので魔導師協会はこういった行為全般を禁じ、魔導師の地位向上のためにマナーよく狩場を使うことを義務づけている。

そんなワケで、魔導師は人の多い場所で戦うことを嫌うのである。

「それに関しては大丈夫。誰も知らない秘密の場所があるんだ」

「そうなのか？」

「私、小さい頃からあの洞窟を遊び場にしてたからね。色々穴場も知ってるワケよ。あ、でも広めちゃダメだからね？」

「わかってる。それで稼ぎはどうする？」

「折半でいいかな？　私は案内役も兼ねてるし」

「もちろん構わない」

ワシ一人では道もわからないし、袋に入るアイテムの量も限界があるのだから、この話は美味しい。

レディアはカートを持っているからな、アイテムを持ち帰るのはお手の物だ。

「今晩すぐ、と言うなら今から準備にかからねばならない。露店も開かねばならんしな。夜にまた来ればいいか？」

「あー、そうね。ゼフ君がよければウチの店でそのアイテム売ってもいいけど、どうする？」

「本当か？　それは助かる」

露店と店では、やはり店の方が売れる可能性は高いからな。武器を求めて来る客は冒険者が多く、アクセサリーを欲しがる客層とも重なる。

「値段は……っとこんなもんでどう？」

「……少し安くないか？」

「そんな高くしたら売れないって。そこまで需要あるアクセサリーじゃないし、相場よりちょい下くらいじゃやないと」

「むぅ。では、それで頼む」

レディアは商売のプロだからな。

やはりプロの意見は聞いた方が良い。その方が効率的だ。

「じゃあ、晩飯を食べたらまた来ることにしよう」

「あまり夜遅くだと汽車が動いてないし、ご飯ならウチで食べてってもいいよ？　その前に打ち合わせもしないとだしさ」

「む、確かに打ち合わせは大事だな……」

「おっけー！　じゃ、そういうことで！」

◆◆◆

店番をしつつ、ほとんど世間話のような打ち合わせが終わり、今は夕暮れ。

エプロンをつけたレディアが包丁を振るっている。

トントン、とリズミカルな音とレディアの鼻歌が重なり、心地のよい音楽となって台所に響いていた。

一応、母さんにはミリィの家に泊まると言っておいてよかったな。

まぁ、母さんはものすごくニヤニヤしていたが……後で勘違いは正しておかねばならないだろう。

「おっまたせー！」

エプロン姿で鍋を持ってくるレディア。

丈の短い服を着ているので、見た目はまるで裸の上にエプロンをつけているかのようだ。

……正直目のやり場に困る。

「ふふふ、どうだい？　ゼフ君、ウチのレディアは、いい身体してるだろ？」

「お父さん、そーいうヤラシイこと言うのやめてって、いつも言ってるでしょ？」

そう言って、レディアは笑いながら親父さんの頭の上に鍋を置いた。

「あっぢぃぃぃぃぃぃぃいいい!?」

「あ、ごめ～ん。鍋敷きと間違っちゃった♪」

親父さんの禿《は》げかかった頭の毛が焦げて、煙を出している。

レディアの奴め、結構な鬼畜《きちく》である。

親父さんはギロリとレディアを睨《にら》みつけ、椅子から立ち上がった。

「おのれレディアよ……娘と思い加減もしてきたが、それも今日までよ……」

「あっはは～、セクハラ厳禁っていつも言ってるでしょ～」

レディアもそれに応じるように、鍋をテーブルに置いて構える。

二人の目は完全に戦闘モードだ。

ワシが湯のみをとり、と置いた瞬間。

二人の拳《こぶし》が交わり、互いの頬を掠《かす》る。

……拳の先が全く見えなかった。

それを二人とも、この至近距離で躱《かわ》したのだ。

「悪くない一撃だ。レディアよ」

「お父さんこそ……ちょっと衰えたんじゃない～」

「……ならば試してみるか？」

「望むところーっ！」

かくして二人はテーブルから離れ、凄まじい取っ組み合いを始めた。

金が取れそうなレベルのケンカである。

こんな環境で育ったなら、そりゃ強いわな。

ずず、と茶を飲みながら、ワシは二人の戦いを眺めるのだった。

レディアと二人での狩りか……

何とも頼もしいことだ。

◆　◆　◆

「いやー本当ごめんね、見苦しいとこ見せちゃって」

夕食が終わってレディアの家を出ると、彼女は両手を合わせ頭を下げてきた。

そのポーズのせいで押し上げられた胸にワシが見とれていると、店の二階から親父さんの声が聞こえてくる。

「早く帰ってこいよー！」

「わかってるわよ！　お父さんこそ、火の始末と戸締りして寝なさいよーっ！」

ほんのさっきまで取っ組み合いの親子ゲンカをしていたのに、仲の良いことだ。

「んじゃいこっか。場所は海岸の方だからついて来て」

「うむ」

そう言って、ワシの手を取り海岸の方へ進むレディア。

件《くだん》の秘密の場所は、海辺の洞窟の中にあるらしい。

確か、正式名称は海神の洞窟だったか。

ベルタの街の西端、更に人が全く訪れない場所にあるため守護結界の範囲に入っておらず、珍しく街中でダンジョン化した洞窟である。

「ふふふ、この洞窟の裏側から入れるんだよ～」

夕食中話を聞いたが、一見、入り口とは思えないような岩と岩のせまい隙間を這《は》って行くとか。

レディアは子供の頃遊び場にしていたそうだが、こんなに大きくなった今も入れるのか？

レディアはそこらの大人とでさえ比べ物にならぬほどデカい。相当恵まれた体躯《たいく》である。

「忙しくて来るのは二年ぶりだけど、まぁ大丈夫でしょ！」

「それならいいのだがな……」

一抹《いちまつ》の不安を感じながら砂浜を歩いていくと、少しずつ人が増えてきた。

あれは冒険者たちだな。洞窟の中へぞろぞろと入っていくのが見える。

ニッパの大量発生を待ち構えているのだろう。

他のパーティと戦果の取り合いになることを心配しているのか、連中はかなりピリピリしているようだ。

「ゼフ君、こっち」

レディアに小声で呼ばれて草むらに引っ張られ、そのまま獣道を抜けて行く。

坂道を上がっていくと、海辺の洞窟の上に出た。

吹き抜ける海風が気持ち良い。

崖下《がいか》にいる冒険者たちのいがみ合う姿を見下ろすことができる。

「くっくっ、愚かな……」

「おーいゼフ君〜、こっちだよ〜」

良い気分で連中を見下ろしていたのに、レディアに呼ばれてしまった。

案内された場所は、洞窟の裏側にある小さな岩壁の割れ目であった。

「この穴から入るのよ」

「……狭いな」

ワシやミリィなら入れるだろうが、レディアは相当厳しいんじゃないだろうか。

レディアは顎《あご》に手を当てて考え込んでいる。

「うーん、流石《さすが》にカートは入らないよねぇ」

「……そもそも、レディアが入るのか？」

「まぁ行きましょ、何とかなるっしょ～」

ワシのツッコミを無視し、するすると中に入ってゆくレディア。

よくこれだけ狭い隙間を抜けられるものである。

闇の中、ワシもレディアに遅れずついてゆく。

「少し暗いね……」

「明かりを出そうか？」

「待って」

ワシがレッドボールを出そうとすると、レディアに止められた。

「魔導の光は明るすぎるからね。いらない敵をおびき寄せちゃう」

そう言ってレディアが頭につけたゴーグルをいじると、ゴーグルに光が灯って前方を照らした。

限られた範囲のみを照らしているが、かなり強い光だ。

魔導を込め、指向性を持たせた灯りだろうか。

「足元気をつけてね～」

「う、うむ……」

どうもレディアといると調子が狂う。

まるで姉か母親と一緒にいるような……頭が上がらない感じだ。

やはり身長差のせいだろうか？

ゴーグルの光を頼りに歩みを進めていく。

水たまりとごろごろした岩とで少し歩きにくいが、この程度なら問題ない。

レディアも勝手知ったるなんとやらか。

大きな体を器用に動かして、この細い通路をワシと同じ速度で歩いている。

狭すぎてレディアは進めないかと思ったが、杞憂《きゆう》だったか。

つらつら考えているうちに、狭い道を抜けて広い空洞についた。

「ここか？」

「いや、まだだよ。この中に入って」

そう言ってレディアが指さした先は、人間を小さく折り畳んでようやく入る程度の小さな横穴だった。

「うーんちょいキツそうかなぁ……ゼフ君先行って様子を見てきて。一本道だから」

道……いや穴だろうこれは。

「……まさか、レディアも来るつもりなのか？」

「そりゃそうでしょ。私が案内したんだから、最後まで責任持つわよ」

えへん、と胸を張る。

どう見ても無理だと思う。

胸的な意味で。

「わかったわかった……だが、くれぐれも無理はするなよ？」

「あっはは、ゼフ君、それ私のセリフだから」

いや、ワシのセリフだろう。

こんなところでつっかえでもしたら、命に関わると思うぞ。

仕方あるまい。ため息をついて、ワシはレディアの目を見つめる。

「レディア」

「ん？」

彼女が返事をし、ワシと目を合わせると同時にタイムスクエアを念じる。

時間停止中に念じるのは、空《くう》系統魔導、スリープコード。

至近距離で、しかも相手の目を見ながら念じる必要があるが、即座に相手を睡眠状態に陥《おとし》いれることができる魔導だ。

効果は凶悪だが、目を閉じるだけで回避可能な上、かなり長めの念唱時間が必要なので簡単に防げる残念な魔導でもある。

魔物相手にはそこそこ通用するため普及率は高いが、そのおかげで人々の間で対処法が広く知られてしまっているのも輪をかけて残念だ。

しかし、それもタイムスクエアと組み合わせて使えば対人においても実用レベルにまで引き上げることができる。

タイムスクエアの時間停止中に長い念唱を終え、時間停止が解除されると同時に解き放つことで一瞬にして相手を睡眠状態にできるのである。

狙い通り、レディアにはしっかりスリープコードが効いた。

どさり、と崩れ落ちたレディアをずるずると運び、岩の陰《かげ》に寝かせる。

レディアはくぅくうと寝息を立てている。

辺りに魔物はいないが、念のために隠しておくか。

レディアの胸に手を当て、念じるのは空系統魔導、ブラックコート。

発動と共にレディアは背景と一体化していく。

ブラックコートは対象を空気の衣で覆い、その姿を見えにくくする魔導。

これをかけたまま移動するのは難しく、相当ゆっくり動かないとすぐに剥《は》がれ落ちてしまうため、使いこなすにはかなりの修業が必要だ。

しかし、じっとしていればまず見つかることはない。

「では、先に行っているな」

レディアに声をかけ、ワシは小さな穴の中に潜り込む。

8

頭を突っ込み中に入っていくと、背中や足や腕が岩に当たった。

身体の小さいワシでも通るのは一苦労だ。

レディアでは肩まで入るかどうかも怪しいだろう。

無理やりにでも置いてきてよかった。

まぁ、海神の涙を持ち帰れば文句は言ってこないだろう。

……たくさん取れたら、少しだけちょろまかすけどな。

くっくっと笑いながら狭い穴を潜り抜けると、そこには先刻の空洞とは比べ物にならぬほどの大きな空間があった。奥の方に少しだけ海が見える。

海と繋《つな》がった空間だからニッパが大量発生するのだろうか。

広い空間の中には、現在でも数匹のニッパがいる。

レディアの言っていた大量発生の時間まではあと少しだが……本番までの肩慣らしといくか。

ニッパは蒼《そう》系統の魔力で構成された魔物である。

魔導には相性があり、例えば緋《ひ》と蒼、翠《すい》と空《くう》は相反する系統なので互いの攻撃は効きづらい。

魄《はく》だけは例外で他の全ての系統の魔物に効果が薄く、同じ魄系統の魔物に大きな効果を発揮する。

これはあくまで基本的なもので、細かく説明するとキリがないので割愛。

ともあれ、蒼系統であるニッパには翠か空の魔導を使うのが定石なのだが……

「さてと、どうしたものかな」

ぽりぽりと頭を掻《か》きながら、ワシはニッパに向かって歩いていった。

とりあえず、一匹ずつ倒していくことにする。

ニッパはこちらから仕掛けなければ、向こうから襲って来ることはない。

つまり一撃で仕留めれば、反撃を受けることなく倒すことができるのだ。

スカウトスコープをニッパに念じる。

ニッパ
レベル12
魔力値
820／820

ワシより魔力値が高いとは生意気だ。

ちなみにゾンビは５６０でワシより低い。

とりあえず、攻撃してみるか。

ニッパに近寄り、ブラッククラッシュを念じる。

かざした手から生み出された黒い旋風がニッパをバラバラに切り砕き、消滅させた。

一撃か。

ブラッククラッシュは中等魔導なので、消費魔力が多い。

できれば、もう少しランクを落とした魔導を使いたいところだ。

次に念じるのは空《くう》系統初等魔導、ブラックショット。

他のニッパに狙いを定め、ブラックショットを撃ち込む。

魔力により凝縮された空気の弾丸がニッパをふっ飛ばすが、ニッパは戦意を失うことなくワシを攻撃しようと近づいて来る。

しかしニッパの攻撃はワシに届くことなく、追撃のブラックショットで撃破された。

ブラックショット二発といったところか。

ブラッククラッシュより消費魔力は少ないが、やはり一撃で倒した方が時間の観点では効率的だ。

魔導を二回唱えるには、ある程度時間を置かなければならないからな。

「あぁそうだ、マジックアンプを使えばいい」

二倍に増幅したブラックショットなら、ニッパを一撃で落とせるはずだ。

マジックアンプを念じ、新たなニッパを探す。

少し歩いて、見つけたニッパにブラックショットを撃ち込むと、一撃で倒せた。

ニッパが消滅した後に、キラリと光るものが見える。

急いで駆け寄ると、そこには青い宝石が転がっていた。

海神の涙、である。

「こんなに早く落ちるとは幸先が良いな」

海神の涙を袋に入れ、狩りを再開する。

気のせいか、少しずつニッパの数が増えている。

そろそろ大量発生の時間……範囲魔導を使うべきだろうな。

大魔導は魔力が持たないだろうし、中等魔導を使ってみるか。

マジックアンプを念じ、ニッパが集まっている場所へ手をかざす。

——空系統中等魔導、ブラックストーム。

広範囲を風の刃で攻撃する魔導である。

威力は低めだが非常に攻撃範囲が広く、多対一での戦闘で活躍する場面が多い。

風の刃がニッパ三匹をまとめて切り裂く……が、ニッパはそれに怯《ひる》まずワシめがけて突進してきた。

少し後ろに下がり、スカウトスコープを念じる。

ニッパ
レベル 12
魔力値
400／820

あと半分か……マジックアンプダブルを使った四倍ブラックストームなら一撃かもしれないが、まだ魔導を使った直後だから、流石《さすが》に再び範囲攻撃の中等魔導でニッパたちにとどめを刺すのはしんどいだろう。

仕方なく、追ってきたニッパたちにブラックショットを連続して撃ち込み、倒した。

魔力を使いすぎたので、少し瞑想《めいそう》を行う。

精神を集中させ、ニッパのカサカサ這《は》い回る音と潮騒《しおさい》に耳を傾ける。

……どれくらい経っただろうか。ふと周りを見ると、いつの間にか大量のニッパが発生していた。

さっきまでは探し歩いていたが、これなら歩く必要すらない。

十……いや、二十四はいる。

これがレディアの言っていたニッパの大発生か。

「これは……すごいな……」

おっといかん。呆《ほう》けている暇はないな。

レディアが目を覚ましてこっちに来てしまっては、面倒なことになる。

マジックアンプによる二倍ブラックショットで、一匹ずつ狩って行く。

一匹ずつ見落とさず、丁寧にテンポよく……お、海神の涙ゲット。

ブラックショットは燃費が良いので、瞑想を挟むことなく狩りを続けられる。

夢中になって倒していくが、ニッパの数は減っていくことなく、むしろ増えているようだ。

視界内は、見渡す限りのニッパ。

うーむ、範囲魔導を使えれば一網打尽《いちもうだじん》なのだがな。

いや、一撃で倒せば反撃は受けない。ニッパは自ら攻撃して来ないから安全なハズ……ここはひとつやってみるか。

タイムスクエアを念じ、時間停止中にマジックアンプを二回念じる。

そして瞑想をして魔力を回復したのち、ブラックストームを念じた。

四倍に強化されたブラックストームはニッパをバラバラに切り裂き、その破片を巻き上げてゆく。

視界のニッパを一掃すると、上から幾つか海神の涙が落ちてきた。

瞑想をしながら、海神の涙を袋に入れていく。

歩きながら、ふと足元が黒色に染まっていることに気づく。

――これは影？

直後、小さな風切り音が聞こえてくる。

「……しまったっ！」

瞬間、ワシは即座に前方に走る。

走りながら振り返ると、上空から落ちて来る赤い塊が見えた。

――そして。

ズズン、と轟音《ごうおん》と共に土煙が舞い上がる。

地響きが空気を揺さぶり、土煙が収まると、目に入ってきたのは真紅の甲羅《こうら》とトゲの付いた大きなハサミをもった巨体。

巨体が少し動くと、その甲羅とハサミがぎらりと不気味に光った。

「キングニッパーか！」

海辺の洞窟のボス、キングニッパー。

いや、厳密にはキングニッパーはボスではない。

ヤツを構成するマナは他の魔物よりはかなり高いが、ボスと比べると断然低い。

普通の魔物とボスの中間……中ボスとでもいうべきか。

先刻の四倍ブラックストームが上に潜んでいたキングニッパーに当たり、怒って降りてきたのだろう。

キングニッパーの強力な打撃は死者の王と遜色《そんしょく》ないが、動きが鈍いので歩きながらでも簡単に逃げ撃ちが成立する木偶《でく》の坊である。

ただし、それは広いスペースがあれば、の話だが。

この空間、キングニッパーが来ただけで一気に狭くなってしまった。

まずいな……とりあえず距離を取り、逃げ道を探しながら瞑想《めいそう》を続ける。

不意打ちなどに備えて、ワシは普段からセイフトプロテクションをかけてある。

これがあれば、一撃で死んでしまうことはないだろう。

キングニッパーがワシ目がけてハサミを振り上げる。

デカいモーションだ。こんなもの、バカでも避けられる。

こんな狭い場所でなければな……！

振り下ろされるハサミを見切って右に走ると、轟音とともにワシがさっきまで立っていた場所に強力な一撃が加えられ、風圧で吹っ飛ばされた。

「うおっ!?」

石や土の小さな塊がパラパラ当たる。

この狭い場所ではとても避け切れん。倒すのは当然無理だ。

何とかキングニッパーをこの空間の隅まで引きつけて、テレポートでもと来た穴に潜り込むしかない。

流石《さすが》にそこまでは追ってこないだろう。

ワシは穴とは逆の方向にゆっくりと歩く。

キングニッパーもワシにピッタリついてきて、時折ハサミを振り回す。

おお、怖い怖い。

キングニッパーから付かず離れずの距離を保ちつつ移動し、なんとか奴を穴から最も遠い場所まで、おびき寄せることに成功した。

「全く手こずらせおって。……だが、さらばだ」

テレポートを念じ、ワシは来た時に通った穴まで飛んだ。

奴が向き直って追いかけて来るまでの間に、余裕で離脱できるだろう。

海神の涙も幾つか手に入ったし、ここらで引き上げてもよさそうだ。

穴に潜るべく素早く頭を突っ込むと、ごちん、とワシの頭が何かにぶつかった。

「いったぁ～っ!?」

驚いてワシは頭を引き抜く。

小さな穴を覗《のぞ》き込むと、レディアの顔とその潰れた胸が見えた。

隙間が全くなく、それしか見えない。

こんな体勢でどうやってここまで進んできたんだろうか……

「よいしょっ……と」

うねうねと、身体をくねらせながら穴から這《は》い出るレディア。

まるで蛇かナメクジのような軟体である。

「ふいー、なんとか通れたねぇ」

ポンポンと膝《ひざ》を払い立ち上がったレディアは、やはりワシよりかなりデカい。

この身体であの小さな穴を抜けてきたというのか……

「……軟体動物か何かなのか？」

「失礼だな君は！　ていうか、私どうしちゃったの？　気を失ってたみたいだけど」

「あ、あぁ……いきなりふらっと倒れたからな。岩陰に寝かせておいた」

「……ふーん、そっか。ありがとっ」

視線を逸らして答えたワシの言葉を、レディアは意外にもすんなり受け入れた。

「そんなことより、キングニッパーが……」

ワシが言い終わらぬうちに、ズズ……と、背後で地響きがする。

キングニッパーがこちらに向き直ったのだ。

焦るワシとは裏腹に、のんきな声を上げるレディア。

「おっ、キングニッパーじゃん。降りてきたんだね、ここ狭いから戦いにくいでしょ」

あっはは、と笑うレディアはキングニッパーの存在を知っていたようだ。

それどころか、まるでここで戦ったことがあるかのような口ぶりである。

「……戦ったことがあるのか？」

「まぁたまに。勝ったことはないけどね」

キングニッパーの甲羅《こうら》は凄まじいほどの防御力を誇る。

まともな物理攻撃でダメージを与えることは不可能だ。

「でも、今ならゼフ君の魔導があるから勝てるかも……！」

「……本気か？」

確かにレディアの身のこなしなら、キングニッパー相手に、楽に前衛をこなせそうだが……

考え込むワシの両肩を掴《つか》み、顔を近づけてくるレディア。

「やろうよ！」

「う、うむ……」

押し切られてしまった。

つい、レディアのペースに乗せられてしまうんだよな……

「よーし、そうと決まれば……」

そう言うと、レディアは袋から大きな斧を取り出した。

長い柄の先に大きな刃がついた戦斧。その柄や刃の部分には花柄が刻まれている。

かなり重そうな長斧だが、レディアは軽々と振り回し——構えた。

「……行っくよーっ！」

地を蹴るレディアにキングニッパーが攻撃を仕掛けるが、レディアは振り下ろされたハサミの一撃をすり抜け、瞬時に肉薄する。

——疾《はや》い！

だが近づきすぎだ。

キングニッパーは離れた時はハサミでの攻撃しかしないが、接近戦では多様な攻撃パターンをもっている。

レディアに向かって、キングニッパーはブクブクと口から泡を出してきた。

「レディア！　泡を吐いて来るぞ！」

その直後、キングニッパーは泡を放出した。

この泡は非常に粘着性が高く、当たるとまともに動けなくなるのだ。

広範囲に撒《ま》かれた泡を確認したレディアは、斧を地面に突き刺し、そこを支点に、身体を大きく捻《ひね》って泡を躱《かわ》す。

バランスを崩して着地したレディアをキングニッパーはハサミでなぎ払う……が、レディアは身を屈めてハサミを避け、斧を回収する。

さらにキングニッパーはハサミで追撃するが、レディアは斧をハサミに当て、そこを支点に一回転して避《よ》けてしまった。

その後も。

避ける。

避ける。

避ける。

しかも派手に。

完全に遊んでるな。

ここは昔のレディアの遊び場だと言っていたが、まさかこういうことなのだろうか。

子どもの頃から魔物が遊び相手……強いハズである。

レディアの斧捌《さば》きは、斧の重さや力の流れをうまく利用したものだ。

重い斧の先端部を上手く使い、不思議な動きで敵を翻弄《ほんろう》している。

昔、演舞か何かで見た、棒を使った踊り子の動きに似ているな。

おっと、見とれている場合ではない。

魔力は完全に回復しているし、ワシも戦闘に参加せねばな。

「大地の守りよ、その身に纏《まと》いて守護の鎧となれ……セイフトプロテクション」

レディアの身体を大地の守りが覆う。

あの調子では攻撃など当たらないだろうが、念のためだ。
レディアはこっちを向いて、さんきゅーとばかりに手を振ってきた。
そのすぐ後ろをキングニッパーのハサミが通り過ぎ、ポニーテールが風圧で揺れる。
……なんか今、攻撃を見ずに躱《かわ》していた気がするが……気のせいだろう。
とりあえず、ワシはキングニッパーにスカウトスコープを念じる。

キングニッパー
レベル58
魔力値
65824／65824

やはりというか、かなり魔力値が高いな。
高いのは問題ないが、キングニッパーは蒼《そう》系統の魔物。相反する属性であるレッドゼロは使えない。

元々燃費も悪いしな……かと言って、他の魔導では威力が不足している。

まぁ、試してみるか。

マジックアンプを念じながら、キングニッパーに少し近づく。そして次の魔導を念じた。

――空《くう》系統中等魔導、ブラッククラッシュ。

旋風がキングニッパーの甲羅《こうら》を削る。と同時に、ワシはすぐ後退した。

ダメージを受けたキングニッパーは、ワシの方をギロリと睨《にら》みつけるが、すぐさまレディアがキングニッパーに攻撃を当てて、キングニッパーの注意を自分に引きつける。

レディアの奴、相当戦い慣れしているな。

ブラッククラッシュで与えたダメージを測るべく、スカウトスコープを念じた。

キングニッパー
レベル58
魔力値
63458／65824

約2000ダメージか。

ちなみに、ブラッククラッシュはワシの全魔力の六分の一を消費する。

それをあと三十二発か……無理だな。

思考の最中も、当然瞑想《めいそう》を行っている。

ちなみに考え事や会話をしながらの瞑想は高等技術で、ミリィにはまだできない業《わざ》である。

「ならば、アレを使ってみるか……」

呟《つぶや》いて、ワシはタイムスクエアを念じる。

時間停止中に念じるのは、レッドクラッシュとブラッククラッシュ。

時間停止が解除され、二つの魔導が同時に発現する。

爆炎と旋風の入り混じった強力な螺旋《らせん》がキングニッパーの片足を捕らえ、巻き込み、ぐちゃぐちゃとへし折っていく。

脚を切り砕かれバランスを崩し、ズズン……と地面に身体をつけるキングニッパー。

「うわっ、すご……」

レディアが斧の上に逆立ちで載り、キングニッパーの泡を避けながら感嘆の声を上げる。

今、完全に顔がこちらを向いていた。

いいから前を見ろ、前を。

タイムスクエア中に同じ魔導を同時念唱すると、単純に威力が上昇するが、別種の魔導を同時に念唱した場合、それは全く別の新たなる魔導となるのだ。

炎と旋風を生み出す合成魔導。あの固いキングニッパーの足を砕くとは、中々の攻撃力である。

魔導の中には魔物の身体を大きく破損させる付加効果を持つものがある。

この合成魔導もそうなのだろう。

「……とりあえず、パイロクラッシュとでも名付けておくか」

しかし、一気に魔力を持っていかれた。

タイムスクエアで中等魔導を二つ同時行使するのはきつい。

瞑想の前にキングニッパーにスカウトスコープを念じる。

キングニッパー
レベル 58
魔力値
55287／65824

約8000、中々悪くないダメージだ。

緋《ひ》系統の魔導が混じっているのでダメージが落ちるかと思ったが、そうでもないらしい。

固有魔導は編み出した本人が覚えている様々な系統の魔導が個性として混じり合い、何の系統にも属さない魔導になることも多い。

この合成魔導も、似たようなものかもな。

とにかく瞑想《めいそう》に入る。

その間レディアの戦いを眺めるが、相変わらず攻撃が当たる気配は全くない。

「ね～っ」

ブォン！

「ゼフく～ん」

ドゴォ！

「魔力回復薬いる～？」

ボゴッ！

……それどころか、こちらを気にする余裕まである。

ワシが頷くと、レディアは後ろに跳び、魔力回復薬を二十個ほど袋から取り出して投げつけてきた。

「これ、代金は精算の時に引いとくからね～」

「わかったわかった」

流石《さすが》商人、こういうところはしっかりしている。

ごくごくと数本の魔力回復薬を飲む。

よし、魔力は回復したな。

キングニッパーに近づきながらタイムスクエアを念じる。

時間停止中にレッドクラッシュとブラッククラッシュを念じ、発動。

——二重合成魔導、パイロクラッシュ。

巻き起こる炎の嵐が、キングニッパーの脚をまたまた粉砕する。

あと４７０００。

ごくごくと飲み、魔力回復薬のビンを空けていく。

……それを何度繰り返しただろうか。長期戦の末、ワシらはキングニッパーを撃破した。

かなり時間がかかったな。

レベルも上がったように感じる。

「いやぁ～、タフだったねぇ」

「……そうだな」

レディアも流石に疲れたようだ。

息も切れ、服も汗でびっしょりになり、シャツの下に肌が透けて見える。

「でも魔導ってやっぱすごいな〜。キングニッパーって私が殴っても全然こたえてないみたいだしさぁ」

「キングニッパーは物理攻撃への耐性は高いが、魔導への耐性は低い。それにワシが攻撃に専念できたのは、レディアがいてくれたからだよ。すごい動きだな」

「い、いやだな〜それほどでもあるけど……でも、こんなのお父さんに比べたら全然だよ！」

謙遜《けんそん》なのか、自慢なのか。

というか、親父さんあれよりすごいのかよ。

恐ろしい親子である。

「それじゃまた狩りを再開しましょうか」

……あれだけ動いててまだ狩るのか。

恐ろしい体力と商人魂《あきんどだましい》だ。

それからワシらは全てのニッパを狩り、レディアの家へと戻った。

◆　◆　◆

「いやー、でもあんまり取れなかったねぇ。海神の涙」

レディアは店のカウンターの上に海神の涙を並べてそう言った。

結局、目的である海神の涙は十個しか手に入らなかった。

合計一万ルピか。

レディアは不満そうだが、かなり儲《もう》かったな。

折半でも五千ルピだし。

「それじゃ精算と行きますか。はいっ、一万二千五百ルピ」

そう言って、レディアがワシに手を差し出す。

「？」

「海神の涙が十本で一万ルピ。使った魔力回復薬が三十五本で三万五千ルピ。差し引きマイナス二万五千ルピを二人で折半して、各々一万二千五百ルピの出費ね」

あぁなるほど、使った魔力回復薬の分を忘れていたな。

だが、今そんなに手持ちはない。

「すまないがレディア、今手持ちがなくてな……店に預けているアイテムが売れたらで構わないか？」

「もちろん。今回は残念ながらマイナスになっちゃったけど、また一緒に行こうね」

ぽんぽんとワシの頭を撫《な》でるレディアを見て、ふむと頷く。

そういえば、ミリィは最強のギルドを作るため、強い仲間を探していた。

レディアを誘ってみるのはどうだろうか。

戦力的には申し分ないし、店があるからアイテムの売り買いもお手のものだろう。

——そういえばレディアにスカウトスコープを使ってなかったな。

バタバタして忘れていたのである。

レディア＝ランディア
レベル 11
魔導レベル
緋：0／0
蒼：0／0
翠：0／0
空：0／0
魄：0／0
魔力値
0／0

ふむ、魔力を持たない人間だとこうなるのか。

レベル11とはな。

体術センスはレベルとは関係ないので、低レベルのうちからやたらと強い奴も、いるにはいる。

それにしても、あれほどの戦いをこんな駆け出しに近いレベルの少女がやっていたとは驚きである。

是非《ぜひ》、前衛としてギルドに欲しい。

「何？　私の顔に何かついてる？」

「いや、冒険者仲間を探していてな……よかったら、ウチのギルドに入ってみないか？」

狩りの際、優秀な前衛がいると後衛としては安心だ。

先刻のキングニッパー戦、レディアのお陰《かげ》で負ける気がしなかったし。

もちろん、ミリィのギルドなのでレディアに入ってもらうかを決めるのはミリィだが、誘うだけなら構わないだろう。

「スカウト？　うーん、嬉しいけど私は店があるからねぇ……考えさせてもらっていいかな？」

「もちろんだ。アイテムが売れた頃にまた来るから、その時にでも答えをもらうさ。リーダーにも許可を取らないといけないしな」

「あっはは、許可とってから誘いなよ。私のこと、お気に召さないかもしれないじゃない」

「まぁ、それは多分大丈夫だ。結構自由なギルドだから基本的に好き勝手やっていいし、居心地は悪くないと思うぞ？」

「ふーん……わかった。前向きに検討しておくね。預かったアイテムは、次に来る時までには売れてるだろうし、ギルドの話はその時に、リーダーさんと話してから決めようかな」

中々慎重なことだ。流石《さすが》商人といったところか。

前世のワシは、割と誘われるとホイホイついて行ったからな。

その代わり、抜ける時もその時の気分で抜けていたが。

「ふわあぁ……」

「あっはは、大きなあくび。お疲れだね」

そう言うレディアもかなり眠そうだ。

笑いながらも目は少し、とろんとしている。

長時間の狩りを続け、もう深夜だしな。

「それでは夜も遅いし、ワシは帰るとするよ」

「え？　今からナナミの街まで帰るの？　危ないからやめた方がいいよ」

「気にするな、大丈夫だよ」

「ん～……やっぱダメだって！　今日はウチに泊まって行きなよ」

「いや、流石《さすが》にそれは……」

「いーから、いーから！　遠慮せずにホラ！　はーいお一人様ごあんな～い」

ぐいぐいと背中を押され、レディアの家の奥に連れ込まれる。

まぁ、確かにこの暗闇の中帰るのは危険か。

お言葉に甘えるとしよう。

「汗かいたし、お風呂入るでしょ？」

「……そうさせてもらう」

レディアの家の風呂は石畳の床に、木の湯船がどんと置かれたものだった。

風呂は一般的に魔導による熱で湯船の湯を沸かし、その中に浸かって身体の汚れを落とす。

遠い異国で生まれた文化らしいが、この大陸にもワシの生まれる随分前から広まっているそうである。

「……少しぬるいが、こんなものか」

ワシは熱めが好きなのだがな。

まぁ、贅沢《ぜいたく》を言っても仕方ない。小さい桶《おけ》で体を流し、湯船に浸かる。

「ふはぁ～……生き返る……」

今日一日の疲れが、湯の中に溶けてゆくようだ。

大きく息を吐き、ワシは湯気を吸いこんだ。

「お湯加減はどーぉ？」

「……大丈夫だ。問題ない」

いきなりレディアに話しかけられたので、少し驚いてしまった。

よく考えたら、ここはレディアの家なんだよな。

レディアもかなり汗をかいていた。

早く風呂に入りたいだろうし、もう上がった方がいいだろう。

湯船から上がり、脱衣所の戸を開ける。

「悪いな、先に風呂を頂いてしまっ……て……」

「あれ？　もう出たの？」

そこには上半身裸のレディアがいた。

ポニーテールを解き、長い髪が身体に張りついている。ギリギリで大事な所は見えていないが、そういう問題じゃない。

「あっはは～。いっしょに入ろうと思ったけど、逃げられたか～」

笑うレディアと対照的に、ワシは完全に硬直していた。

硬直しつつも、レディアからは目を逸らさないが。

「じゃ私も入るかな～。覗《のぞ》いちゃダメだよ？」

「もう見てしまったからな」

「あっはは」

レディアはまた笑って下を脱ぎ、風呂場に入っていく。

よく考えたらワシの見た目は子どもだし、一緒に入るというのも冗談ではなかったのかもしれない。

ちっ、惜しいことをした。

その後、ワシは応接間の大きなソファーを借り、そこで眠らせてもらうことにした。

それにしても疲れた……子どもの身体というのは、夜遅くまで起きていられるようにはなっていないらしい。

若い頃は、この時間まで狩りや修業をしていることなどそんなに珍しくはなかったのだが。

……寝れん。

疲れて眠いハズなのだが、先刻のレディアの裸が頭の中にチラついてイマイチ寝つけない。

あんな小娘の裸にここまで動揺させられるとは……やはり精神が子どもの身体に引っ張られているのだろうか。

目の前に居なくても、調子を狂わせられっぱなしだ。

おのれレディアめ。

9

そして夜が明けた翌朝、ワシは朝食をごちそうになった後、レディアの家を出発することにした。

「それでは、世話になった」

「なーに気にしないで。私も弟ができたみたいで楽しかったよ」

弟扱いか。

なるほど、世話を焼きたがるわけだ。

ミリィと会わせたら、妹ができたみたいと喜ぶのだろう、きっと。

ミリィに何も言わずにレディアをギルドに誘ってしまったが、怒られてしまうかもしれないな。

ワシはミリィに、ギルドメンバーは増やさない方がいい、とか言った気がするし。

……しかしミリィ自身はギルドメンバーを増やしたがっていたから、喜ぶ可能性もあるか。

まぁ話してみるとしよう。

ダメならダメで仕方ない。

レディアと別れ、ベルタの街を出た。

◆　◆　◆

昼頃までテレポートで飛び続け、ナナミの街に着くとミリィに念話で呼びかけた。
《ミリィ？　ワシだ。今どこにいる？》
《ゼフっ!?　もう、どこ行ってたのよ！　探したじゃない》
《悪いな、ベルタにいたのでな。……それと報告することがあるのだが》
《そうなの？　こっちも話したいことがあるからさ、すぐウチに来てくれる？》

《む、わかった。すぐに向かおう》
良い狩場が見つかったのだろうか。
少し嬉しそうな感じだった。

◆　◆　◆

ミリィの家に着くと、入り口の扉の前にミリィが立っていた。

中で待ってればいいのに……

ため息をつくワシに気づいたのか、ミリィがすぐに駆け寄ってくる。

「ゼフーっ！」

満面の笑みでワシに抱き着いてくるミリィ。

相変わらず犬みたいだ。

揺れるツインテールが犬の尻尾に見えたことは黙っておこう。

「随分嬉しそうだが、良い狩場が見つかったのか？」

「まぁね。北に水霊が棲《す》む湖畔《こはん》、そして南にコボルトの棲む森を見つけたわ」

「北の湖畔とコボルトの森……共に悪くないレベルの狩場だが、湖畔の魔物は遠距離攻撃を持つから魔導師と相性が悪く、コボルトは属性がバラバラでこれまた魔導師にとっては厄介ではないか」

ワシが指摘すると、ミリィは「甘いねー」と言わんばかりの顔で、人差し指をチッチッと振る。

う、うざい……

「話は最後まで聞くものよ？　狩場もだけど、一番の収穫があるの！」

「何だ？」

ミリィはニコニコしながらワシの様子を窺《うかが》う。当ててみろ、と言わんばかりの顔だ。

勿体《もったい》ぶっているが、嬉しそうな顔で大体わかるぞ。

恐らく、ワシと同じだろう。

「……仲間を見つけてギルドに入れたい、とかか？」

「え？　何でわかったの？」

「偶然だが、ワシも一人目星をつけたからな。ミリィも同じかと思ってな」

むっとした顔をしたミリィに、ワシは続ける。

「ワシの方はベルタの街に住んでいる商人だ。今、アイテムを委託して売ってもらっている。来週辺りにでも会いに行こう」

「……女の子？」

「そっちこそ、何故《なぜ》わかったのだ？」

「……会ってから決める」

「最初からそういう話だ。安心してくれ」

一気に不機嫌になるミリィ。

以前、クレア先生とワシが手を繋《つな》いでいた時もこんな顔をしていた。

うーむ、嫉妬《しっと》しているのだろうか……リーダーならば、もう少し広い器を持った方が良いと思うぞ。この調子では、最強のギルドなどほど遠い。

「それで、ミリィが見つけたのはどんなヤツだ？　今連絡つくのか？」

「あーうん、今ウチにいる」

ぶっきらぼうに答えるミリィは、ぶすっとして口をとがらせている。

全く仕方ないな……

ミリィの頭を撫《な》でてやると、ミリィは顔を赤くしてワシを睨《にら》みつけてきた。

「ちょ……っ何するのよ！　ゼフっ」

「そんな不機嫌顔で新入りを紹介するつもりか？　ワシが見つけてきた者はどちらでも構わんよ。相手もそこまで乗り気ではなかったしな。だから、機嫌を直せ」

「……わかった」

ミリィは俯《うつむ》いて顔をさらに赤らめ、しばらくワシに頭を撫でられるがままになっていた。

どれくらいそうしていただろうか。ミリィはワシの身体を弱々しく押した。

「も、もう終わりっ！　行くわよ！」

「わかったわかった」

そう言って、部屋に向かって早足で歩くミリィ。

ワシもそれについて行き、部屋の中に入る。


以前片づけたミリィの部屋は、また結構な散らかりようになっていた。

足の踏み場くらいはあるので、ガラクタを踏まないように慎重に歩いてゆく。

すると、部屋の床に一人の少年が礼儀正しく座っていた。

白銀に金色のラインが入った軽装の鎧に身を包み、傍《かたわ》らには片手剣とシールドが置かれている。

整えられた金髪が部屋に射し込む日の光に照らされ、きらきらと光っていた。

年はワシらとそこまで変わらないか、少し上くらいか？

こちらに気づいたのか、彼は綺麗な金髪を揺らしながら立ち上がった。

「ミリィさん、おかえりなさい！」

大きく元気な声だ。

真正面から見つめる視線が眩《まぶ》しい。

握手を求めてきたので、応じてやる。

「初めまして、ボクはクロードと申します」

ふむ……どこかで見た顔と名前だな。

思い出せないが、よく考えればワシは二回目の人生。

元知り合いなど、いくらでもいるだろう。

いろんなギルドに入っていたから、顔見知り程度なら多いしな。

気にしないことにして、こっちも挨拶をする。

「ワシはゼフ、魔導師だ。いきなりだが、何故《なぜ》ウチみたいなしょぼいギルドに入ろうと思った？　他にもっと良いギルドがありそうなものだがな」

「しょぼくないしっ！」

ミリィの抗議の声を無視して、ワシは続ける。

「見たところ駆け出しのようだが……人の多いギルドの方が見るべき物も多いぞ？」

「ボクは、とある騎士の家の子供です。でも何年か前に家がお金に困ってボクを養うことは難しくなり、冒険者にならざるを得ませんでした。ですが、これでも騎士の端くれ。冒険者として日銭を稼ぐだけでなく、騎士として自らが仕えるべき主人を探すことも目標としていたのです」

「なるほどな……」

何とも世知辛《せちがら》い話だ。

騎士は重装備なので、武具を揃《そろ》えるにもそのメンテナンスにもやたらと金がかかる。

それに敵との接近戦も多いため、体力回復薬も大量に消費するのだ。

騎士とは、金があってこそ映える華。

ゆえによい装備を与えられるのは、年長者、または実力者から順番ということになる。

そして下の子であるクロードは優先順位が低かったため、装備を与えられるどころか家から追い出されたようだ。

しかし、特に道を外れたり家を恨んだりしたことはないらしい。

見上げたものである。

「ですが未だ若輩《じゃくはい》故、森でコボルト共に囲まれて窮地に陥ってしまいました。そこを、ミリィさんに助けて頂いたのです。凄まじい魔導で全ての魔物を倒すミリィさんの姿は、まるで戦乙女《いくさおとめ》……気がつけばボクはミリィさんに弟子入りを頼んでいたのですっ！」

キラキラと目を輝かせるクロード。

戦乙女ときたか……少し夢見がちな少年のようだ。

が、駆け出しの冒険者はこんなものだろう。

強い者に憧れ、その者に習い励む。

ワシが前世で師匠に惹《ひ》かれたように。

「我が剣を捧げるに相応しい主人はミリィさんと思い、ご迷惑とは思いながらもここまで押しかけてしまいました」

「えへへ……それほどでも……」

頭を下げるクロードに、照れながら腰をくねらせるミリィ。

まぁ、ミリィもクロードがいればワシにべったりということはなくなるだろうか。

悪い奴じゃなさそうだし、ミリィの世話が楽になるなら、それはそれで悪くない。

「ゼフ君、ミリィさんの弟子として共に頑張りましょう！」

「……あ？」

硬直するワシから、ミリィが目を背ける。

にこり、とさわやかに微笑むクロードに、ワシは苦笑いを返すことしかできない。

何だ？　弟子というのはワシのことを言っているのか？

ミリィを睨《にら》みつけ念話で脅す。

《どういうことだ？　ミリィ？》

《いや～つい口が勝手に……》

《持ち上げられてつい話を盛ってしまった、ということか？》

《まぁ……ごめんね》

でへへ、とだらしなく笑っている。

全然ごめんねって顔じゃないぞ、ミリィ。

「ごめんね、クロード。弟子ってのは嘘なの。彼はウチの副リーダー」

ミリィはワシの視線に耐えられなくなったのか、あっさりと訂正した。

「なるほど、そうでしたか」

クロードは特に気分を害した様子もなく、微笑み続けている。

「……全く困ったものだ」

「あはは……それでさ、どうかなゼフ？　クロードをギルドに入れてもいい？」

ワシは改めてクロードをちらりと見て答える。

「まあいいんじゃないか？　真面目そうだし、変なことをするような奴には見えないな」

「本当ですか？　やったぁ～！」

両手を上げ、喜ぶクロード。

それを見たミリィは笑顔でぱちぱちと手を叩いた。

「そうだ！　クロードの歓迎会をしましょうよ！　クロードは何かしてほしいこととかある？」

「うーんそうですね……」

クロードは少し考え込み、ぱっと何か閃《ひらめ》いたように顔を上げる。

「そうだ！　ゼフ君と勝負してみたいですね！　この年でミリィさんを支える副ギルマスの実力が気になります！」

三人とも大して年は変わらんだろう。

背の高いクロードは少し年長に見えるが。

「ワシはかまわんがクロード、勝負とは何をするつもりだ？」

「それはもちろん、実戦勝負ですよ。武器を取り、互いに雌雄《しゆう》を決するのです」

「えーっ!?　危ないよそんなの！」

ふむ……セイフトプロテクションをかけていれば心配はないだろうが……

大方、クロードはワシみたいなチビが自分より立場が上、というのが気に入らないのだろう。

これでワシに勝てば実力ではナンバーツーとなる。

中々血気盛んなことではないか。

くっくっ、だが、お前のような輩《やから》は嫌いではないよ。

「おもしろい。どうせなら負けた方が何か一つ言うことを聞く、ということにするか？」

「ありがとうございます。胸を借りるつもりでいかせてもらいます……っ！」

◆　◆　◆

街の外れにある草原にひゅううと風が吹き、草がなびく。

その草原で、ワシとクロードは対峙《たいじ》していた。

その二人の間にミリィが立ち、ワシらを交互に見つめている。

二人とも私のために戦うのはやめて！　といった感じで、ミリィは不安ながらもちょっとワクワクしているようだ。

まったく、緊張感ゼロである。

「互いにセイフトプロテクションをかけ、先に一撃与えた方が勝ちとしよう」

「せいふとぷろてくしょん？」

「何ですか？　それ」

ワシの言葉に、ミリィとクロードが首をかしげる。

おいおい、クロードはともかくミリィは知っておけよ。

というか、セイフトプロテクションもかけずにあの時死者の王に向かって行ったんだろうか。

恐ろしい奴だ。

「セイフトプロテクションは、受けるダメージを一度だけ大幅カットする魔導だ。ワシも強い魔導を使うつもりはないが、万が一ということもあるしな」

「ボクもゼフ君に深手を負わせるのは忍びないですし、それがあるならありがたいですね」

クロードはワシにニヤリ、と笑いかけてきた。

言いおったなコイツ。

ならば、初等魔導だけで相手をしてやろうではないか。

それで負ければ、クロードもワシとの力量差を思い知るだろう。

クロードは、木剣と自前の盾を使うようだ。

「開始位置は？」

「ゼフ君の好きな位置でいいですすよ」

生意気な奴だ。その自信はどこからくるのか。

スカウトスコープで見てやろうかと思ったが、初等魔導だけで相手をすると決めていたのでやめた。

一撃勝負なら、レベルはあまり関係ないし。

まぁ、普通に実力で黙らせてやればいい。

「背中合わせの状態から、互いに二十歩歩いた所としよう」

「わかりました」

ワシらはざっざっと二十歩歩いて距離を取り、くるりと振り返って向き合う。

木剣と盾を構えるクロードの姿は、中々様になっている。

剣士としては、そこそこの使い手のようだ。

……ま、ワシと戦《や》るには五十年早いがな。

「いきます……っ！」

「来るがいい」

言うが早いか、クロードは盾を正面に構え、ワシに向かって突進してくる。

まずは小手調べだ。

駆けてくるクロードの足元を狙い、ブルーボールを念じる。

放たれた水弾をクロードはジャンプで躱《かわ》し、そのまま木剣をワシに振り下ろす。

ワシが少し後ろに下がって避けるのを、なぎ払いで追撃をかけようとする……が。

「うわあああああ!?」

クロードの着地した足元には穴があり、クロードはその中に呑みこまれる。

ワシは勝負開始直後に、地面をグリーンボールで削っていたのだ。

大地に干渉する翠《すい》系統の魔導は、地面に当たると土をえぐるという特性をもつ。

離れているとわからないが、ワシの周囲はグリーンボールで空けた穴でボコボコだ。

盾なんか構えているから、前が見えないのだよ。

くっくっ、残念だったな。

穴に落ちたクロードにトドメを刺すべく、ワシは中を覗《のぞ》き込んだ。その瞬間、ワシの顔目掛けて火球が飛んできた。

――緋《ひ》系統初等魔導、レッドボールである。

くっ、躱《かわ》しきれない！

身体を逸《そ》らしながら念じるのはホワイトウォール。

直撃の寸前、ホワイトウォールをギリギリで発動させることができた。

眼前の魔力の壁がクロードのレッドボールを吸収し、消滅する。

「そ、そんな……」

「……惜しかったな。だが、終わりだ」

無念そうな声を上げるクロードに、ワシは容赦《ようしゃ》なく魔導を叩き込む。

「うわーーっ！」

ズズン……と穴の中に衝撃が走る。

レッドボールがクロードに直撃したようだ。

それにしても、あの高さから落ちてワシに反撃してくるとは大したものだ。

正直少し油断していた。

今度こそ倒したのを確認するため、穴の中を覗《のぞ》き込む。……こっそりと。

穴の中ではクロードが大の字になって倒れていた。

思ったより威力が出てしまったようだ。

……もしかしたら穴に落下した時点でダメージを受けたことになり、セイフトプロテクションの効果が切れて、魔導がモロに当たったのかもしれない。

レッドボール程度なら大してダメージはないだろうし、まぁいいか。

初等魔導だけで戦っていてよかった、といったところか。

勝利を確認し、ミリィに向かって腕を上げる。

「ゼフの勝ちーぃ♪」

ミリィはそれに応じて赤旗を上げ、ワシの勝利を宣言した。

あの旗はどこに持っていたのだろうか……

「よっこい……しょっと」

しばらくして、穴から這《は》い出てきたクロードが地面に腰を下ろした。

鎧は無事のようだが、服が少し破れてしまっているか。

悪いことをしたな。

「痛たた……流石《さすが》は、ゼフ君。ミリィさんのギルドの副リーダーやってるだけはありますね。ここまで強いとは正直驚きました。必中の確信をもって放ったレッドボールだったのですが……」

「クロードこそ大したものだよ。何もさせずに勝つつもりだったのだがな」

「ふふ、それにゼフ君、手加減していましたよね？　そうさせないために挑発を試みたのですが……次は本気を出させてみせます！」

悔しがりながらも、クロードはワシに向かって爽やかな笑顔を向けてくる。

中々のイケメンスマイルだ。

ま、ワシほどではないがな。

「それより、クロードったら傷だらけじゃない！　ほら鎧脱いで！　ヒーリングしてあげるから」

「いや、別に鎧は脱がなくても……」

「私ヒーリング下手だから、傷を見ながらじゃないと上手く効かないの！　ホラ早く！」

「わ、わかりましたよ……」

そう言って、渋々鎧を外していくクロード。

クロードの服はところどころ破れ、男とは思えぬような白い肌を覗《のぞ》かせている。

すらっとしつつも丸みを帯びた身体のラインは、まるで少女のような……ん？

思わず、クロードの身体を凝視するワシとミリィ。

主に胸の部分……そこには明らかに二つの膨《ふく》らみが存在した。

「あれ……あの、えーと……クロードってもしかして……女の子？」

「あの、えーと……はい」

クロードは苦笑いを浮かべながら認めた。

「えーーーっ!?」

驚きの声を上げるミリィ。

女だと……まさかそんな……

ぞわり、とワシの背に悪寒が走る。

鎧と上着を脱いで、シャツ一枚になったクロードにヒーリングをかけながら、ミリィは複雑な顔をしている。

「それにしても、まさかクロードが女の子だったなんて……」

ちらっとクロードの胸を見て呟《つぶや》く。

胸の膨らみは、明らかにミリィより大きい。

ミリィはそれを見て、さらに難しい顔になった。

「すみません、騙《だま》すつもりではなかったのですが……何となく言いづらくて、その……」

「い、いいのよ別にっ。聞かなかった私も悪いし」
ミリィも驚いているようだが、ワシの驚きはその比ではない。
女。
魔導師。
そして、クロードという名前。
この三つのキーワードが、前世の記憶と結びついてしまった。
確信を得るため、クロードにスカウトスコープを念じる。

クロード＝レオンハルト
レベル16
魔導レベル
緋：9／45
蒼：5／39
翠：0／40
空：0／47
魄：0／51
魔力値
324／324

——やはりか。

前世で見た時には年を取っていたし、雰囲気も違うのでわからなかったが、フルネームを知って、もしやと思ったことが確信に変わった。

よく見れば面影があるし、間違いないだろう。

初めてミリィがスカウトスコープのスクロールを見せてくれた時、何故《なぜ》疑問に思わなかったのだろうか。

魔導師協会にスカウトスコープを持ち込んだ天才魔導師——その名前がミリィ＝レイアードでなかったことに。

ワシの記憶が確かなら、その魔導師の名前はクロード＝レオンハルト。

目の前にいる少女、その人だったのである。

クロード＝レオンハルトは、スカウトスコープを魔導師協会に持ち込むまで全くの無名であったし、その名が轟《とどろ》いてすぐに姿を消したので詳しい情報は知らない。

ワシが知っているのは、顔と名前程度である。

彼女の持ち込んだ魔導、スカウトスコープは、対象とした人物の魔導の才能を数値化するもの。

これにより、魔導の世界は大きく進歩した。

才能ある一般人からも魔導師が多数輩出されるようになり、魔導師の能力水準も大きく上がった。

逆に才能値の低い魔導師は、どんどん追いていかれたのである。

かつてのワシのように。

いや、それはもういい。だが何故クロードがミリィの家に伝わるスカウトスコープを……？

クロードは魔導師協会にスカウトスコープを持ち込んだ時、確かギルドには所属していなかった。

ミリィが今作っているギルド『蒼穹《そうきゅう》の狩人《かりゅうど》』は当時のワシも全く知らなかったので、恐らく消滅したものと思われる。

考えを進めるにつれ、背中を伝う冷や汗が止まらない。

ミリィが死んだ後、忘れ形見のスクロールをクロードが持ち込んだのだろうか。

否、ミリィに敬意を表すならミリィの名前で持ち込むだろう。

自身の名前で売り込んだということは、ミリィのスカウトスコープを奪った、ということになる。

固有魔導を生み出すには長い年月を要する。

魔導師が自らの半生を費やして編み出した固有魔導。それを奪うのは、編み出した魔導師の誇りを土足で踏みにじるということだ。

当然、本人が生きていればすぐにバレる行為。

どうやって奪うのか？

そんなもの決まっている。

――殺して奪うのだ。

気づけば、ワシはクロードに掴《つか》みかかっていた。

襟首《えりくび》を握りしめ、そのままクロードを押し倒して馬乗りになる。

「ちょっとゼフっ!?　何してるのよっ！」

「黙ってろミリィ……っ！」

「ぜ、ゼフくん……？」

驚き苦しそうなクロードの顔を見ながら、ギリギリと、ワシはクロードの襟首を締め上げる。

自分でも冷静ではないと思う。

だが、止められない。

ワシは握りしめた拳《こぶし》を振りかざした。

「ゼフっ!!」

ミリィの声に構わず、拳を振り下ろす。

だがワシの拳はクロードの顔面の横を通り、地面に叩きつけられた。

一瞬の隙をついてクロードは身体をするりと抜き、ワシの背後に回った。

「――ッ!?」

そして激痛と共に、ワシの腕が不自然に曲がる。

ワシの腕は、クロードにギリギリと捻《ねじ》り上げられていた。

「が……っ!?」

「……こんなことをする理由を話してください。知らぬうちにボクがゼフ君に失礼なことをしてしまったのかもしれません……が、わからなければ、謝罪のしようがありません」

めきめきと悲鳴を上げるワシの腕。

流石《さすが》に体術ではクロードが上か。

――上等だ、やってやる。

痛みが逆にワシを集中させていく。

ほとばしる魔力の奔流《ほんりゅう》にクロードが反応し、空気が凍《い》てつき――

「やめなさいっっ!!」

砕けた。

キ～ンと耳鳴りがするほどの大きな声に、ワシとクロードは動きを止める。

ミリィが仁王立ちで、ワシらを止めに入ったのだ。

こ、鼓膜が破れるかと思ったぞ。

「二人とも止めなさい！　ゼフ、何があったの？」

「あ……いや……うむ……」

「ん？　何？」

俯《うつむ》くワシの顔を覗《のぞ》き込んでくるミリィ。

真っ直ぐな瞳に毒気を抜かれてしまう。

「……すまん、ワシの勘違いだった」

「謝る相手が違うでしょ？　クロードに謝りなさい」

ミリィは有無を言わさぬ顔で迫る。

さっきは頭に血が上ってしまったが、よく考えればクロードがミリィを殺したとか、早とちりもいいところだ。

そもそも、今から何十年も後になってからクロードが持ち込む理由もわからない。

クロードとミリィが出会っていなかった可能性だってあるし。

現時点でのクロードは、恐らくいい奴だ。

何かを隠しているような感じもするが、今のところはミリィを慕っているし、よき友になってくれるだろう。

それをワシが壊してはダメだよな。

できるだけ平静を装いながら、クロードに握手を求める。

「すまない。顔に虫がついていたものでな」

「ふ……くくっ、ひどい言い訳ですね。仕方ありません、今の出来事は忘れておきますよ」

「助かる」

ワシらがぎこちなく握手を交わしていると、ミリィも一緒に手を握ってきた。

「はいっ！　それじゃ仲直りも終わったし、帰ってクッキーでも食べましょう！」

「いいですね。ボク、クッキー焼くの得意なんですよ」

「まるで女みたいだな」
「ボクは女ですよ！」
クロードは、さっきまでのことは大して気にしていないようだ。
普通あれだけのことをされたら、ワシを警戒したり、不信感を抱いたりしそうなものだが、そんな様子は一切ない。
なんというか、やはりいい奴なのだろう。
実際のところ、クロードとミリィ、前世の二人の間に何が起きたのかは全くわからない。
だが、手は打っておくべきだろう。
人間は変わるものだからな。
《ミリィ》
念話で話しかけると、ミリィは視線をこちらに向けてきた。
《クロードに、スカウトスコープのことは教えないでいてくれるか？》
《……さっきクロードに掴《つか》みかかったことと関係あるの？》
《あぁ。詳しくは言えないが》
《何それ？　詳しく話しなさいよ》
《それは言えない……だが頼む》
真剣な顔で頼むワシの目をじっくりと見るミリィ。

しばらくそうしてると、ミリィはため息をついて頷いた。
《……わかった。でもずっと隠せるとは限らないわよ？　私口軽いし》
《わかってる》
ポカッとミリィはワシの頭を殴った。
《何をする！》
《口が軽いってのは冗談でしょ！　フォローしてよね！》
《事実、軽いではないか……》
《あーっ、だったらもう言うから！　クロードにスカウトスコープのことっ！》
《馬鹿者っ！　やめろと言っておるだろうが！》
無言で睨《にら》みあうワシとミリィの横から、クロードが割り込んでくる。
「あの～……二人して念話で会話するのやめてもらえません？　会話に入っていけなくて寂しいじゃないですか」
ワシとミリィは顔を見合わせた。
「ご、ごめんねクロード……」
「お前がいたことを忘れていたよ」
「ひどいですよ、もーっ！」
ワシらの言葉に頬を膨《ふく》らませて怒るクロードであった。

10

ミリィの家に着き、ワシらはミリィの淹《い》れたコーヒーとクロードの焼いたクッキーで、ティータイムを満喫していた。

ことり、とカップを置いたクロードが、ミリィに尋ねる。

「ところで、ボクも二人がやってたみたいに念話したいんですけど……どうすればできるんですか？」

「ギルドに入ればいいのだよ。ミリィはまだクロードに認証をしていないのか？」

「えと……確かバッジだっけ？」

「うむ、ギルドエンブレムの入ったアクセサリーか何かを付け、リーダーがそのエンブレムに認証を与えるのが一般的だな。それでギルドエンブレムは作っているのか？」

ポリポリとクッキーを食べながらミリィに話を振ると、少し困ったような顔で答えた。

「あー、えーっと……実はずっと考えてるんだけど難航してて……」

たはは、と頭を掻《か》くミリィ。

そういえば学校でよくノートにラクガキをしていたが、あれはギルドエンブレムを考えていたのか。

しかしギルドができてかなり経つが、未だできていなかったとはな。

「あんなもの適当でいいんだよ。それでギルドの力が知れるわけじゃない。少しくらい下手でも、それはそれで味になる」

「そ、そうかな……」

「ミリィさん、一人で考えてても埒《らち》があきませんし、候補とかあればここに並べて、皆で決めるというのはどうでしょう？」

「えーと……じゃあ、見てもらおっかな……？」

ミリィは照れながらも、袋からノートを取り出した。

おいおい、袋はそんなものを入れるためにあるんじゃないぞ。

ミリィが広げたノートを覗《のぞ》き込んだワシとクロードは、思わず息を呑む。

そこにはミミズが這《は》ったような字で、『そうきゅうのかりゅうど』と書かれている。

他にもみょうちくりんな紋様、奇怪なマーク等々、ほぼ丸々ノート一冊分描かれたそれらは、ミリィ曰く、ギルドエンブレム候補であった。

「……どれがいいと思う？」

頬を赤らめながら尋ねるミリィに、ワシとクロードは言葉を失っていた。

「できました！　これでどうでしょう？」

ミリィの描いたギルドエンブレムのあまりの酷さに、見かねたクロードがエンブレムのデザインを買って出たのである。

でき上がったものは、女狩人が弓を番《つが》えた絵。その周りにミリィの描いたミミズのような魔法陣をあしらったもの。

どことなく女狩人がミリィに似ているところに、クロードのミリィリスペクトを感じる。

「わ、クロードすごく上手！」

「女みたいな奴だな」

「だからボクは女の子ですよ！」

「うーん♪　かっこかわいい！　これに決めましょーっ♪」

ミリィはずいぶんとお気に入りのようだ。

ワシはぶっちゃけ、なんでもいいので問題なし。

クロードはミリィに褒められて嬉しそうである。

よほどミリィのことを尊敬しているのだろう。

「クロードは、ミリィを大事に思っているのだな」

「当たり前じゃないですか、ボクの戦乙女《いくさおとめ》ですから！」

にっこりとまぶしい笑顔を向けてくる。

中々のイケメンスマイルだ。

ま、ワシほどではないけどな。

クロードはミリィを慕っているし、ミリィもクロードのことを気にかけている。

もし、今後何かあったとしても、ワシが何とかすればいいだけの話だ。

いい奴がギルドに入ったと、前向きに考えようではないか。

「あの……ゼフ君どうかしましたか？　ボクの顔をじろじろと見て……」

「中々の美少年だな、と思っていただけだよ」

「だからボクは女ですよ！」

クロードにつっこまれながら、ワシは最後のクッキーを口に放り込むのであった。

◆　◆　◆

クロードの歓迎会の腹ごなしもかねて、ワシらはミリィの見つけた狩場であるコボルトの森に来ていた。

提案したのはワシだ。

実は、先刻クロードにスカウトスコープを使った際スクリーンポイントという魔導が見えた。その正体を確かめるため、森に誘ったのである。

ワシの知らない魔導なので、恐らく固有魔導だろう。

魔導師とは、未知の魔導に出会うと見てみたくなるものなのだ。

しかしおいそれと、使ってくれ、などと言えるハズもない。

固有魔導は基本的には秘匿《ひとく》するものだし、クロードに固有魔導の所持を確認する時点で、それを覗《のぞ》き見たということが——つまりは、スカウトスコープの存在が知られるのだ。

スカウトスコープによってワシが知ったことは、クロードには隠しておきたいところである。

だから、さり気なく探ることにした。

ワシはしれっとした顔でクロードに聞いてみる。

「クロードはどんな魔導が使えるんだ？」

一瞬、表情が固まるクロード。

……ちょっと直球すぎたかもしれない。

「バカね～、そんなのわざわざ聞かなくったってスカ……むぐぅっ⁉」

お前がバカだ。

ワシはミリィの口を塞《ふさ》ぎ念話で話しかける。

《スカウトスコープのことは秘密だと言っただろうが！》

《あ、そうだった。ゴメンゴメン》

やっぱり口が軽いではないか、全く。

《スカウトスコープでクロードを見てみろ。所持している魔導の中にスクリーンポイントというのがあるだろう？　どんな魔導か見てみたくはないか？》

《あ……ほんとだ、聞いたことない魔導ね……見たい！》

邪悪な笑みを浮かべるワシとミリィを、怪訝《けげん》な顔で見るクロード。

「ボクの使える魔導……ですか？　ボクは初等魔導しか使いませんよ？」

使いません、ときたか。

どうやら、スクリーンポイントのことをワシらに教える気はないらしい。

まぁ、ワシもクロードに手のうちを全て見せるつもりはないのでお互い様だ。

「何か気になることがあるなら、ゼフ君がボクとの決闘で勝ち取った権利を使えばいいではありませんか」

そういえば、負けた方が何でも相手の言うことを聞くとか約束していたな。

「……いや、いいさ。そっちはもっといい場面で使わせてもらう」

「怖いですね」

肩をすくめるクロードとワシは、互いに不敵な笑みを浮かべて見つめあう。

「……エッチなことに使うんじゃないでしょうね……」

ミリィのツッコミを無視して、ワシらは移動を開始した。

ずんずん歩いていくワシらに、ミリィが小走りでついてくる。

進んだ先には大木がそびえており、その周りには木々はなく、開けた空間になっていた。

「あそこでクロードが襲われていたのよ」

「い、言わないでくださいよ、ミリィさん……」

コボルトは仲間意識が強く、一人が攻撃されているのを見ると集団で襲ってくる魔物。

クロードは体術はそこそこだが、魔導は弱いしレベルも低い。

コボルト一、二匹なら楽勝だろうが、時間をかけて戦っているうちに複数のコボルトに囲まれてしまったのだろう。性格からして、目の前しか見えてなさそうだし。

そんなことを考えていると、コボルトがあらわれた。

コボルトは青いたてがみをもつオオカミのような顔をした半獣人で、手には棍棒《こんぼう》を持っている。

とりあえず、スカウトスコープを念じる。

コボルト
レベル21
魔力値
2420／2420

コボルトは地味にタフな魔物だ。
各個体のもつ属性系統がバラバラなので、大魔導で一掃、というわけにはいかない。
理屈は不明だが、持っている武器によってコボルトの属性は異なる。
いや、属性が異なるから、武器の好みが違うということなのだろうか。
いずれにせよ、棍棒を持ったコボルトは緋《ひ》属性。
緋か蒼《そう》系統の魔導では、あまりダメージを与えられない。
「ブルーゲイルっ！」
ワシが作戦を考えていると、ミリィがいきなり蒼系統大魔導をぶっ放してきた。

おいおい、一匹に、しかも属性相性を無視して撃つのかよ。

水の竜巻に耐えるコボルト。相性が良くないとはいえ、流石《さすが》は大魔導か。

かなりダメージを与えているようである。

さて、ワシはセオリー通りいくとするか。

追撃用に念じるのは、翠《すい》系統中等魔導、グリーンスフィア。

緑色の光玉がふわふわとコボルトに飛んで行き、命中と同時にコボルトをごりごりと押しつぶして行く。一定距離を進むと、光玉は霧散していった。

グリーンスフィアは巨大な魔力球を作りだし、それで相手を押し潰してしまう、翠系統の魔導にしては珍しく遠距離攻撃できる魔導である。

魔力球は、その大きさの岩程度の質量を持ち、ふわふわとしか移動しないため避けるのは容易《たやす》いが、中等魔導にしては、かなり高い威力を誇る。

狭い場所や、敵の足を止めるグリーンウォール等とセットで使う魔導だ。

「勝ち～ぃ♪」

無邪気に喜ぶミリィを見て、ふと不安がよぎる。

「もしかしてミリィ、魔物の属性を理解していないのか？」

「ん？　少しは知ってるよ。全部は覚えてないけど」

ため息をつくワシを、不思議そうに見るミリィ。

やはりというか、なんというか。

魔導師として絶対知っておくべきものの一つが、属性の相性である。

ほとんどの魔物には属性があり、その相性次第で魔導の威力は大きく変わってくる。

魔導師学校で習うべき、初歩の初歩ではないか。

ミリィは所持している魔導が多くない上に本人のスペックが高いため、適当に戦っても勝ててしまうのだろう。

ミリィの戦い方は雑だ。

雑魚《ざこ》相手ならそれでも何とかなるが、死者の王の件もある。

ちゃんとした戦闘の知識も、身につけておかねばならない。

ミリィは師匠である父親が早くに死んだから、仕方ないことではあるが……

「……ミリィ」

ワシはそう言ってミリィの頭に手を置き、強く撫《な》でてやる。

「ちょ……何よいきなり！　ぁ……もう……」

「ワシがみっちりと仕込んでやるからな」

ミリィは困ったような顔で俯《うつむ》き、真っ赤になった。

知らないなら、教えればいい。

ワシがきちんと仕込んでやれば、ミリィは最高の魔導師になれるはずだ。

まぁ、ワシには及ばないだろうが。

されるがままのミリィを見て、クロードが顔を赤くしている。

「ミ、ミリィさんとゼフ君って、そういう……？」

「ち、違うのよクロードっ！　私たち別にそんな……ゼフもなんとか言いなさいよ！」

ミリィは赤くなりながら手をぶんぶん振りまわし、クロードもきゃあきゃあ言って顔に手を当てている。

……二人して何を盛り上がっているのだろうか。

木の陰《かげ》からこちらの様子を窺《うかが》っているコボルトにレッドブラスターを撃ち込むと、ワシは二人を冷ややかに見下ろした。

「よくわからんが、そういうのは後にしろ。今は戦闘中だぞ」

「「は、はい……」」

二人同時に返事をして、赤くなりながらもコボルトと相対するクロードとミリィ。

しばらく三人で狩りを続けたが、二人ともどこか挙動がおかしかった。

ワシ、何か変なこと言ったか？

◆　◆　◆

夕暮れ時、ナナミの街に戻り、喉《のど》がかわいたワシらは雑貨屋で果実ジュースを買った。

空き地に立ち寄り、そのジュースを飲みながらワシらはたわいもない会話をしていた。

「ところでクロードは今、どこに住んでいるんだ？」

「今は冒険者用の宿に泊まっていますね。でも、ミリィさんというボクの仕えるべき主を見つけたし、しばらくはここに住もうと思うので、借り家を探そうと思っています」

クロードは家を出てから、ずっと一人で旅をしてきたらしい。

一人で狩りをして、アイテムも自分で売り、宿に泊まる金がなければ野宿をしていたと。

冒険者としては珍しくない境遇だが、ミリィはそれを聞いたとき、ひどく悲しげな顔をしていた。

ミリィは両親に先立たれてはいるが、多くの財産が残されたおかげで生活には不自由しなかったそうである。

クロードの境遇に同情しているのだろう、今も悲しげに目を細めている。

「そうだ、クロード。よかったらウチに住まない？」

「えっ……でも、それは流石《さすが》に……」

「待て！　それはダメだ」

クロードが言い終わる前に、ワシが反対の声を上げた。

ミリィの家には、スカウトスコープのスクロールがある。

それに同居ともなれば、色々とトラブルを抱えることもあるだろう。

何か事が起こってからでは遅い。

「宿の方がクロードも気軽でいいだろう。どうしてもというなら、ワシの家の部屋が空いてるから、そこを貸そう」

「そ、それはダメっ！」

今度はミリィが必死な顔で否定する。

「あのー、ボクは宿で大丈夫ですから……ミリィさんのお心遣いだけで十分です」

「ミリィ、クロードだってずっと人の家に居るのは気づまりだろう」

「うーん……それもそうね、わかった！　でも何かあったらすぐに言ってね」

「はい、ありがとうございます」

ミリィの言葉に、クロードもどこかホッとしたような顔をする。

こうして結局、クロードの住む場所については保留となった。

良い宿があったら教えてやるとするか。

◆　◆　◆

「おおっクロードじゃあないか！」

ミリィの家からの帰り道、街の中心部にある繁華街を歩いていると、馬に乗った男に声をかけられた。

高価そうな鎧と剣を身につけ、短い金髪を後ろで括《くく》っている。

男は整えられたあごひげを指でなぞっていた。

「兄上！」

何とこの二人、兄妹だったのか。

兄の方へ駆け寄るクロード。

「どうしてここに？」

「遠征の途中で寄ったのだ。まさかこんなところでクロードに会うとは思わなかったが……ん？

彼らは友達かい？」

クロードと共にいるワシらに気づくと、鋭い視線を向けてきた。

ワシらを見定めているようだ。

なんかムカつくのでこちらも見定めてやろう。

クロード兄にスカウトスコープを念じる。

ケイン＝レオンハルト
レベル 45
魔導レベル
緋：0／0
蒼：0／0
翠：0／0
空：0／0
魄：0／0
魔力値
39／39

魔力値39かよ。

半端にあるくらいならゼロの方が潔《いさぎよ》い。

そしてやはり、スクリーンポイントなる魔導を持っている。

恐らくは、レオンハルト家に伝わる固有魔導といったところだろうか。

くそっ、気になるな。

「彼らを紹介してくれるかい？」

「あ、すみません。ゼフ君にミリィさんです。ボク、彼らのギルドに入れてもらったんですよ」

「『蒼穹《そうきゅう》の狩人《かりゅうど》』ギルドマスターのミリィ＝レイアードと申します」

「これはこれは、礼儀正しいお嬢さんだ。私はケイン＝レオンハルト。妹がお世話になっております」

ミリィが余所《よそ》行きの顔で会釈をし、ケインもそれに応じて礼を返す。

「君は……君たちは魔導師だね？　それもかなり強いと見た。クロード、よいギルドを見つけたね？」

「えと……はい」

ワシらが魔導師ということに気づいたか。

それにしても、先刻からクロードはどこか浮かない顔だ。

兄のことが苦手なのだろうか。

「それでは私は宿に帰るから、君たちも早く帰りなさい。もうずいぶんと遅い」

そう言ってケインが指した宿は、街でも屈指の高級宿だ。

それを見たミリィは、何か思いついたように声を上げた。

「そうだクロード、お兄さんと同じ宿に泊めてもらえばいいじゃない！」

ナイスアイデア、といった顔でミリィが叫んだが、ケインは首を振る。

「残念だがそれはできない。……レオンハルト家は名高き騎士の家系。実の妹とはいえ、下賤《げせん》の……冒険者を同じ宿に泊めるわけにはいかぬ。そうだな、クロード」

「はい……」

前世で、とある騎士崩れの冒険者から、騎士の家はやたらと序列に厳しいと聞いたことがある。

その者は家族でテーブルを囲むことなど一度もなく、十六歳になるとすぐに家から追い出されたと言っていた。

クロードはそれより明らかに幼い。

今、十四かそこらだろうか。しかも何年も前から一人で旅をしていたと言っていた。

レオンハルト家は財政難だとクロードは話していたが、ワシが前世で会った騎士崩れより、家の状況は厳しいらしい。

それでも、兄は高級宿に泊まるわけだ。

——くそったれめ。

「家に金がないなら、お前も安い宿に泊まればいいではないか」

ワシの言葉に、ケインとクロードの動きが止まる。

しばし沈黙の後、ケインはクロードを睨《にら》みつけ、胸ぐらを掴《つか》んだ。

「かはっ……!?」

苦しそうに息を吐き、歯を食いしばるクロード。

ケインの目は怒りに満ち、クロードを睨み殺さんほどの勢いだ。

「クロード……他人に家のことを喋《しゃべ》ったのか……!」

「……っ！　すみません、兄上……」

「黙れっ！　この恥さらしがっ！」

拳《こぶし》を握り締め、腕を振りあげるケイン。

放たれた拳は相手の顔を歪《ゆが》ませ、歯をへし折り、身体を思い切り地面に叩きつけた。

……ま、それを受けたのはワシなのだが。

「っ……てぇ」

口の中が切れ、鉄の味が充満していく。奥歯も欠けたな。

なんつー力でぶん殴りやがる。

クロードは仮にもお前の妹だろうが。

「ゼフっ！」

「ゼフ君!?」

ミリィとクロードがワシに駆け寄ってくるのを、ケインが苦い顔で見ている。

ケインの拳が振り下ろされる寸前に、ワシがクロードの前に入ったのだ。

不用意な発言をして、ケインの怒りを買ったのはワシだしな。

「すまんな、ケイン殿。別に言いふらすつもりも、馬鹿にするつもりもないのだ。……ま、これ以上ワシらに手を出さないのであれば、だがな」

ケインを睨《にら》みつけ、くっくっと笑う。

行き交う人たちが足を止め、ワシらを遠巻きに眺めている。

子ども相手に拳を振るう騎士殿を見て、何事かと思っているようだ。

人の目を気にする騎士殿には、さぞかし屈辱であろう。

「……チッ！　クロード、後で俺の宿に来いよ」

舌打ちをして、宿の方へ消えて行くケイン。周りの目が相当気になるようだ。

やれやれ、人目を気にするのも、度が過ぎると大変だな。

「あの……ありがとうございます、ゼフ君」

「気にするな、あれはワシが悪い。それに決闘の時、ワシの早とちりでクロードには迷惑かけたしな」

「あれは、もう気にしてないですから」

あはは、と笑うクロード。

「全く無茶するんだから……」

ミリィがワシにヒーリングをかけてくれる。

こんなもの大したことないんだがな。

だからといって断る理由もないので、ワシは黙って、されるがままになっていた。

「すみません、兄も昔はもう少し優しい人だったのですが……いつからでしょうね。やはり貧乏というのは嫌なものです」

クロードが寂しそうに笑った。

「いつか僕が冒険者として名をあげることができれば、こんなこともなくなるんでしょうか……」

金、か。

金のために、ミリィのスカウトスコープのスクロールに手を出した、ということも考えられる。

つまり、クロードが金に困ることがなくなるくらい、稼げるようになればいいのだ。

「クロード、金を稼ぐ一番の近道は強くなることだ。強くなり、ボスを狩れるようになれば金などいくらでも手に入る」

「ええっ!? ボスを倒すなんて、とても無理ですよ……兄の騎士団でも倒すのは難しいと言われていますし、ボクなんかじゃとても……」

「ふふーん♪ でも、私たちはもうボス倒してるのよねーっ」

ワシに向かって、ミリィがにんまり笑いかけてくる。

ものすごく自慢げだ。

「本当ですか!? ミリィさん、一体どうやってボスを倒したのです!?」

「それはねー……」

クロードは信じられないといった表情でミリィに詰め寄り、ミリィは胸を張って嬉しそうにボス狩りの様子を話している。

そういえば、この頃はまだ世間にボス狩りは浸透していないのだろうか。

ワシも冒険者として未熟だった若い頃は、ボスは見た瞬間に逃げていた。

ボスには手を出すなと、冒険者登録の時、耳にタコができるくらい言われたからな。

商業都市ベルタの露店広場にも、ボスのレアドロップはあまり置かれていなかった。

朽《く》ちた教会での修業中、死者の王を狩りに来るパーティにも出会わなかったし……もしかすると、今ボスを狩れば相当金を稼げるのかもしれない。

11

ゼフ=アインシュタイン
レベル29
魔導レベル
　緋：29／62
　蒼：21／87
　翠：20／99
　空：21／89
　魄：21／97
魔力値
　936／956

久しぶりに自分にスカウトスコープを使った。

なんだかんだ言って緋《ひ》の魔導ばかり使っていたので、やはりこれが一番高くなっている。

緋系統は昔よく使っていたこともあり、使いやすい魔導が多いからつい頼ってしまうんだよな。

バランスを考えると、そろそろ他の魔導も使っていくべきだろうか。


現在は、コボルトの森でクロードとミリィの戦闘訓練中だ。

クロードがコボルトを引きつけ、その間にミリィがコボルトの属性に合った魔導を撃ち込んで、倒す。

コボルト相手にはあまり効率のよくない戦い方であるが、この二人にはまずパーティとしての基本的な戦い方を叩きこまないといけない。

クロードは敵を倒すため前に出過ぎる傾向にあるし、ミリィに至っては何も考えずに前衛について行き、何も考えず気分で魔導を撃っている。

「ミリィさん！　前に出過ぎですよ」

「クロード、そこに立ってると撃ちにくい〜っ」

やれやれ、ため息が漏れる。

こういうのは、口で言ってもわからないだろうからな。

身体に覚えこませるしかない。

二人から少し離れてついていくワシの視界に、コボルトが入ってくる。

タイムスクエアを念じ、時間停止中にレッドストームとブラックストームを念じる。

時間停止が解除されると、巨大な火炎流がコボルトを呑みこみ、一撃で燃やし尽くしてしまった。

やはり、緋《ひ》と空《くう》の合成魔導は使いやすい。

「パイロストームとでも名付けておくか」

しかし色々試したが、合成魔導は失敗も多い。

たとえば初等魔導レッドボールと中等魔導ブラッククラッシュなど、ランクの違う魔導を混ぜた時は強い魔導に弱い魔導が呑みこまれてしまい、ブラッククラッシュのみが発動するのだ。

それに属性相性の問題もある。ブルーボールとレッドボールを混ぜた時などは爆発を起こし、うっかり火傷を負ってしまったからな。

何が起こるかわからない合成魔導は、実戦でいきなり使う気にはなれない。

今はクロードとミリィは実戦、ワシは実験だ。

「ゼフ君っ！」

クロードの声が聞こえてワシがそちらを向くと、複数のコボルトに苦戦しているクロードが目に入った。

ミリィもコボルト二匹に張りつかれ、その相手で精一杯のようだ。

「ミリィ、レッドウォールを使え！」

「そんな……ことっ……言われても……！」

避けるのにいっぱいいっぱいで、魔導が使えないらしい。

そうこうしているうちに、クロードの方に新たなコボルトがあらわれる。

仕方ないな。

ワシは魔力回復薬を飲み、タイムスクエアを念じる。

時間停止中に念じるのはレッドストームとブラックストーム。

――二重合成魔導パイロストーム。

クロードが戦っていたコボルトの中心に火炎流が吹き荒れ、焼き尽くしていく。

五匹はいただろうか。あれだけの数を捌《さば》いていたとは、クロードも大したものだ。

それに比べて、ミリィは二匹相手で手一杯とは……

「はぁ、はぁ……ありがとうございます、ゼフ君」

汗を拭《ぬぐ》いながら、さわやかなイケメンスマイルを浮かべるクロード。

まぁ、ワシほどではないが。

「こっちも助けてよーっ」

「ミリィは自業自得だ。自分でなんとかしろ」

「そんなーっ!?」

コボルトの攻撃は大したことはない。二匹程度なら、一人でなんとかして欲しいところだ。

ミリィが魔導を使うため集中しようとすると、コボルトから攻撃を仕掛けられて、妨害される。

コンビネーションで、リズムよく攻め立てる二匹のコボルト。

ミリィも息が切れ始め、限界が近いようだ。

やれやれ、全く世話が焼ける。

ワシはこっそりとミリィとコボルトの間に、ブラックウォールを念じる。

即座に出現した風の壁がミリィに近づこうとするコボルトの行く手を阻み、壁に触れたコボルトは風に吹っ飛ばされていった。

「おおっ♪　ありがとっ、ゼフ！」

「……後は自分で何とかしろ」

「うんっ！」

元気よく返事をしたミリィは、飛ばされて距離の離れたコボルトにブルーゲイルをぶち込み、倒す。

本当に戦い方が雑だな……まぁ倒せれば何でもいいのだが。

「ふふっ、甘いですね、ゼフ先生は」

クロードがワシの隣で微笑む。

「全く。この程度、自分でなんとかして欲しいところなのだが」

「ミリィさんは集中力にムラがありますね。焦るとすぐにボロが出ます」

「よくわかってるじゃないか」

冷静に評したクロードの言葉に、ワシは感心した。

まぁ、ミリィはずっとゾンビにホワイトボールを撃つだけだったからな。まともに前衛のいる狩りは初めてだろうし。

そうやって内心擁護してやるあたりが甘いのだろうが。

「ほら、ミリィが待ちくたびれてるぞ。早く行ってやれ」

「わかりました」

クロードは頷くと、ミリィのもとへ駆けて行った。

しばらくはこの形でミリィに慣れていってもらおうか。

ワシは瞑想《めいそう》をしながら二人についていてゆく。


それから一時間ほど狩りをしていただろうか。

「あっ、すみません、そろそろボク帰らないと……」

「えーっ、まだ早くない～？」

「ミリィ、わがまま言うな。日も傾いてきたし、今日はお開きでいいだろう」

最近クロードは用事があるのか、あまり遅くまでは狩りに付き合えないようだ。

少し物足りないが、人数が増えるとこういうこともある。

渋るミリィをなだめてコボルトの森から出ようとすると、赤いコボルトがあらわれた。

巨大なナタのような得物を持った、一回り大きなコボルト。

——コボルトリーダーである。

ワシはスカウトスコープを念じた。

コボルトリーダー
レベル 42
魔力値
24412／24412

こいつも海辺の洞窟のキングニッパーと同じく、中ボスだ。

コボルトリーダーはワシらに気づくと雄叫びをあげ、仲間のコボルトを呼び寄せる。

「うわ……丁度森から出られるところだったのに……」

「大丈夫、すぐ倒せばいいさ」

ミリィのぼやきに、ワシは平然と答えた。

三人もいれば、そこまで苦労せずに倒せるだろう。

ミリィがブルーゲイルをコボルトの群れに撃ちこみ、残った数匹はワシがグリーンスフィアで押しつぶす。

コボルトリーダーがワシらに向かって斬りかかってくるが、クロードが前に立ちはだかり、巨大なナタを盾で受け止めた。

「大地の守りよ、その身に纏《まと》いて汝《なんじ》を守護する鎧となれ……セイフトプロテクション！」

ワシはクロードにセイフトプロテクションをかけてやる。

さて、ワシも攻撃に移るとするか。……確かコボルトリーダーは緋《ひ》属性だったな。

となると、キングニッパー戦で使ったパイロクラッシュあたりがいいか。

近づいてタイムスクエアを念じようとすると、コボルトリーダーは巨大なナタを振り回してワシを振り払おうとした。

「ちっ……！」

パイロクラッシュは射程が短いため、近づかないと当たらない。

仕方ない、他の魔導を使うか。

ワシはクロードの後ろに下がり、タイムスクエアを念じる。

時間停止中に念じるのは、レッドショットとブラックショット。

――二重合成魔導パイロショット。

手の平に火炎と旋風の入り混じった魔力弾が生まれ、コボルトリーダーに突き刺さる。

「でやああああ!!」

そこにクロードが思いきりのよい一太刀を浴びせるが、いまいち効果は薄いようだ。

クロードの武器は、安物のショートソードだからな。

パイロショットは魔力消費が少ないが、やはり威力が低い。

コボルトリーダーがうずくまっている間に、パイロクラッシュを叩きこ……もうとしたが、その前に水の竜巻がコボルトリーダーを襲った。

ミリィがブルーゲイルを放ったのだ。

馬鹿の一つ覚えか、お前は。

まぁそのおかげで、ミリィのブルーゲイルのレベルは高い。

そのため、属性の相性が悪い魔物にでもそこそこ効いてしまう。

ミリィは所持している魔導が多くないし、他に有用な魔導もないから、ダメ出しもしにくいのだが。

まぁいい、このまま削っていくか。

竜巻の中のコボルトリーダーに、ワシはパイロショットを念じた。

◆　◆　◆

それからどれくらい経っただろうか。瞑想《めいそう》を挟みながら、コボルトリーダーにワシのパイロクラッシュとミリィのブルーゲイルを交互に撃ちこみ続け、ワシらはやっとの思いでコボルトリーダーを倒した。

途中何度か仲間のコボルトを呼ばれたためかなり手間取ったが、そのたびにクロードがコボルトを上手く捌《さば》いてくれた。

後ろを意識した戦いがかなりできるようになったみたいだ。

えらいぞクロード。

とはいえ、すっかり暗くなってしまった。クロードには門限があるようだが、大丈夫なのだろうか。

「うわ～、もう日が沈んじゃったよ……ゴメンね、クロード……」

「まぁ、泊まるところがないならワシの家にでも……クロード？」

そこには、真っ青になったクロードの顔。

冷や汗を流し、ぶるぶると手を震わせている。視線も定まっていない。

「クロード？　どしたの？」

ミリィの言葉にも答えない。

クロードは、まるで何かに怯えているかのようだ。

「おい、しっかりしろ。大丈夫か？」

「疲れたの？　早く帰って、休も？　ね？」

ワシらの心配する声も、いまいち耳に入っていないようだ。

思えばコボルトリーダーとの戦いの最中も、普段と違いかなり焦っていた様子だった。

ワシらを見捨てて帰るわけにはいかないから、一刻も早く戦闘が終わるよう努めていたのだろう。

「……あの……はい。……帰りましょうか……」

やっと絞り出されたクロードの声は、なんとも頼りないものであった。

◆　◆　◆

テレポートでナナミの街に戻る間も、クロードは心ここに在らずといった様子だった。
《クロード、どうしたのかな？》
《さぁ……何か重要な用事があったのだろう。悪いことをしたな》
そしてナナミの街に辿《たど》り着くと、クロードの表情はさらにひどくなっていた。
顔面蒼白《そうはく》でワシらにぺこりとお辞儀をしてくる。
「あの……ありがとうございました……」

「……おいクロード、困ったことがあるなら言え」

「そうよ！　私たち仲間なんだからね？」

「あの……ありがとうございます……でも大丈夫ですから……」

全然大丈夫じゃなさそうだ。

すっかり暗くなった街にふらふらと消えていくクロードを見送りながら、ワシとミリィは顔を見合わせた。

「大丈夫かな……クロード……」

「さぁな……明日様子を見て、それから考えても遅くないんじゃないか？」

「そだね……」

「さて、ワシも早く帰らねば母さんに怒られてしまう。また明日だな」

「うん……じゃあね、ゼフ」

ミリィと別れ、ワシは歩みを進める。

行き先はもちろん、クロードの宿だ。

先刻のクロードの様子、ただごとではなかった。

これが将来、クロードが変わってしまう引き金になるのかはわからないが、放っておく訳にはいかない。

◆　◆　◆

しばらく街を歩き回り、旅人の宿周辺に来て、ふと気づく。

そういえばクロードの奴、どこに泊まっているのだったか。

まずいな、何も考えずに来てしまった。

クロードと別れてから、かなり時間が経ってしまっているぞ。

さてどうするかと考えながら歩いていると、一つのボロ宿の中から一人の男が出てきた。

あの男は——クロードの兄、ケインだ。

ケインが出てきたのは、街で一番安いボロ宿。

恐らく、あそこにクロードが泊まっているのであろう。

自分は高級宿に泊まり、妹はあんなボロ宿か。いいご身分だな、全く。

よくよく見ると、ケインは右手に紙幣を握り締め、にやりと笑みを浮かべている。

——それを見て、ワシは理解した。

クロードが、あんなに焦っていた理由を。

そういえば先日、ケインは別れ際にクロードを自分の宿に呼んでいた。

きっと、馬鹿正直にやって来たクロードから、彼女の宿泊先を聞き出したのだ。

ワシは歓楽街に消えるケインを一瞥《いちべつ》し、クロードの宿に急ぐ。

宿はボロボロで、カウンターには受付も居ない有様だった。

立て掛けられた木札に、クロードの名がしたためられていた。

それによると、クロードの部屋は五号室らしい。

「いらっしゃい、ここは旅人の……ってちょっと待ちなって！　勝手に中に入っちゃいかんよ！　ボクぅ!?」

カウンターの奥から出てきた受付の声を無視して、宿の中に入る。

傷んだ廊下をぎしぎしと音を立てながら歩いていくと、五号室が見つかった。

ドアノブを回すと、木の軋《きし》む音と共に扉が開く。

カギすらついてないのかよ。なんつー宿だ。

部屋に入った途端、鼻を突く異臭。

饐《す》えた臭いの中、クロードはうずくまり、嗚咽《おえつ》していた。

乱暴されたのだろうか、衣服のすき間から赤いアザが見える。

顔や腕など、見える場所は無傷なのが加害者の外道《げどう》さを物語っていた。

そのあまりに悲惨な姿に、ワシは言葉を漏らす。

「……クロード……っ！」

ワシの声に気づき、こちらに向けたクロードの顔は、涙と涎《よだれ》にまみれていた。

クロードは驚きながらも急いで服で顔を拭《ぬぐ》い、ワシに背を向けて言葉を返してくる。

「……っゼフ君じゃ……ないですか……えへへ……な、何か……用ですか？」

無理に笑おうと、普段通りに喋《しゃべ》ろうと、繕《つくろ》うようなクロードの声。

あまりにも痛々しい。

ワシは無言で駆け寄り、クロードの服を脱がせた。

「ちょ……やめてくださいよ！　ゼフ君の変態！」

「うるさい！　黙っていろ！」

「ぁ……ぅ……」

ワシに気圧されたのか、黙ってされるがままになるクロード。

上着をはぎ取ると、白い肌に浮かぶのは赤く滲んだ暴力の痕。

クロードの身体は全身傷だらけ、アザだらけという、ひどい有様であった。

——絶句する。

何度も何度も暴行を受けたのだろう。隠すように両手で覆っているが、両手だけでは覆いきれないほどのアザの多さである。

すぐさまヒーリングを念じてクロードの身体を癒そうとするが、ワシの精神が乱れているのか、上手く回復してくれない。

それに、元々ヒーリングは古い傷には効果が薄いのだ。

「くそっ!!」

「……裸……見られちゃいましたね……恥ずかしいなぁ、もう……」

クロードは痛む傷に顔を歪《ゆが》めながら、俯《うつむ》いた。

「あの男、宿を出るとき金を握っていた。クロードの金か……?」

「騎士は着飾り、見栄を張るのも仕事ですから……ボクのお金も必要みたいです……あはは……」

「見栄を張るのも仕事だと!? こんなボロ宿に泊まっている妹から! 金を巻き上げるのが許されるものか!」

「ボロ宿って……ひどいなぁ……」

あはは、と乾いた笑いをするクロード。

いつものさわやかなイケメンスマイルの面影は全くない。

こんな惨めなクロードの笑顔など、見たくない。

ワシが上着を脱ぎ、クロードに被せてやった途端、嗚咽《おえつ》し震え出す彼女の肩。

もはやクロードにかけるべき言葉はない。

ワシは向き直り、クロードの部屋を出ていこうとした。

すると、ドン、と肩に何か当たる。

顔を上げると、そこには宿の受付が立っていた。

どうやらワシを追いかけてきたようだ。

「おいおいボクぅ？　勝手に入ったらいけないよ？　ここは旅人の――」

それ以上、受付は何も言葉を発しなかった。

発することができなかったのだ。

青ざめ、黙り、ワシへ道を譲る。

宿の廊下を、ワシはぎしぎしと音を立てながら進んでいく。


宿を出ると、遊楽街を目指して真っ直ぐ歩いていく。

夜の街だというのに、子供であるワシの歩みを止める者は誰もいない。

すれ違いざまに声をかけてきた酔っ払いは、ワシから立ち上る魔力に当てられ、一瞬で酔いが醒《さ》めたようで慌てて逃げていった。

たくさんの灯り、何軒もの酒場を素通りして、街で一番大きな建物に入ろうとすると、ワシの前に黒服の男が二人、立ちはだかった。

「お坊ちゃん、ここは子どもの来るところじゃありまちぇんよ～」

「パパを呼びにきたのかい？　名前を教えてくれたら呼んできてやるぜ？」

強面《こわもて》の男二人は、バカにしたように話しかけてきた。

見た感じ、それなりの実力があるようだ。

「ケインだ。ケイン＝レオンハルト。派手な鎧を着ている騎士を呼んでくれ」

ワシは率直に言った。

正面から行くのは邪魔が入って非効率的だが、手はずを考えて行動できるほどワシの頭は冷えていなかった。

「悪いけど坊ちゃん、子供とはいえ、これだけ殺気を出しているような奴を店には入れられねぇなぁ」

「ケインさんは上客だ。どうしてもというなら、力ずくで通るんだな」

やはり、簡単に通してはくれないか。やれやれ。ワシは二人の男を睨《にら》みつけ、魔力を練り上げるのであった。

12

高級酒場、黒猫のしっぽ。

その中央にあるテーブルで何人もの騎士が女と戯れ、酒を酌《く》み交わしていた。

高級な酒瓶がいくつも散らばり、酔っ払っているのか、騎士たちの顔は真っ赤である。

その輪の中心で、ケインは女を両腕に侍《はべ》らせていた。

「皆さん、今日は遠征お疲れ様でした。この席は皆さんをねぎらうために設けたものです」

そう言って、ケインは気分が良さそうにぐいと酒を飲み干すと、空のグラスを掲げた。

皆もそれに応じるように、グラスをケインへ向ける。

「今日は私の奢《おご》りです！　好きなだけ楽しんでください！」

「おお～っ！」

「流石《さすが》ケイン様！」

「ありがとうございま――」

ごうん、と店内に響く強烈な衝撃音。

壁に叩きつけられ白目を剥《む》いた男が階段からずり落ちていく様子に、酒場の者全員の目が釘づけになった。

かつ、かつと、静まり返った店内に響く足音の主はワシである。

歩みを進め、先ほどまで楽しげにしていたケインと目が合うと、魔力がさらに昂《たか》ぶっていくのを感じる。

感情が激するのを抑えられない。

――まずいな。

クロードの兄だから殺しはすまいと思っていたが、加減は全くできそうにない。

ケインたちのいるテーブルの前に立ち、連中を見下ろす。

取り巻きの騎士たちが立ち上がろうとするのを制し、ケインが話しかけてきた。

「君は……確か、クロードの友達だったかな？」

「妹の金で奢《おご》り酒か、いい気なものだな」

部下らしき騎士たちがざわめき、ケインは一気に素面《しらふ》に戻る。

目を細め、口元を邪悪に歪《ゆが》めるケイン。

なるほど、それが貴様の本性か。

「……根も葉もない言い掛かりは、やめてもらおうかな……」

ケインはゆっくりとソファーにもたれかかり、グラスを傾けた。そして大きく息を吐く。

挑発するような奴の仕草に、ワシの中の何かが完全にぶち切れる。

「貴様と下らん問答をするつもりはない」

手をかざし、レッドクラッシュを念じる。

ワシの右手から生まれた炎塊は渦を巻き、その照準はケインに定められている。

待機状態で発動させているのだ。

この状態、そしてこの距離からなら、一瞬で確実に直撃させることができる。

ワシの魔導を見た部下の騎士や女たちは悲鳴を上げてすぐに逃げ出したが、ケインはグラスを持ったまま微動だにしない。

——上等だ。

ワシはにやりと笑い、昏《くら》い感情をそのまま解放する。

――緋《ひ》系統中等魔導、レッドクラッシュ。

店内に爆音が響き、酒瓶やソファー、テーブルが弾け飛んだ。

炎があちこちに飛び散り、窓にかかったカーテンや床に燃え広がってゆく。

みるみるうちに煙が立ちこめていき、辺りを覆い隠した。

五感を研ぎ澄ませていると、ゆらりと煙が揺れるのが見えた。

ワシが咄嗟《とっさ》に左側へ一歩動いて躱《かわ》すと、ワシのすぐ隣で剣閃が瞬く。

ワシのレッドクラッシュを喰らって反撃をしてくるだと……？

熱くなった頭が少しだけ冷え、スカウトスコープを念じる。


何も見えない⁉

バカな……魔導を防ぐ手段はいくつかあるが、それは全て魔導によって、である。

ケインは魔導を持っていないハズでは……いや！

ワシの思考の最中にも、斬撃は連続して襲いかかってくる。

この煙で向こうもワシが見えていないのだろう。でたらめに剣を振り回して来るが……鋭い！

「っ⁉」

一撃をまともに喰らい、あらかじめかけておいたセイフトプロテクションが解けてしまった。

ワシは後ろに下がり、煙の中にブラックショットを撃ち込む。

空圧の弾が煙を散らしてケインの姿を露わにした。

しかし、魔導が当たったにもかかわらず、ケインは平然としている。

やはりそういうことか……これは分が悪いな。

ブラックショットで視界が開けたのを機に、ケインはワシに一気に詰め寄り剣を振りかぶった。

ワシは一旦距離を取ろうとテレポートを試みる……が、突然、足に走る激痛。

「ぐっ……!?」

ワシの足が、ケインに踏みつぶされたのだ。

ケインは鋼鉄でできたブーツ、対するワシは革靴。

ワシの靴はぐにゃりと形を変え、足の甲骨はへし割れたかもしれん。

テレポート封じ……こいつ対魔導師戦を知っている！

テレポートは、自分と触れているものを全て一緒に飛ばしてしまう性質を持つ。

戦闘の際には相手と常に触れておくことで、相手を逃がさないようにできるのだ。

更にこの戦法は、戦い方として距離が必要な魔導師に対して非常に有効なのである。

ケインはさらにワシの足を踏みにじり、剣を構えて振り下ろそうとする。

「死にたまえっ！」

その斬撃を何とか防ぐため魔導を念じようとした瞬間、ワシとケインの間に人影が割って入った。

ギィン、と鋭い音を立てて斬撃を受け止めたのは、金髪の少女。

互いの剣が火花を散らし、苦い表情を浮かべるケインと……クロードである。

「退け……っ！　クロード」

「いやです……っ！　兄上！」

力任せに剣を押し込むケイン。腕力ではクロードはケインに敵わないのだろう、かなり押し込まれている。

「ゼフ君！　逃げてくださいっ！　兄に魔導は効きません！」

やはりそうか。

クロードやケインの持っていた、固有魔導スクリーンポイント。これは魔導を無効化する魔導なのだろう。

先刻、ブラックショットを受けても平然としており、スカウトスコープすら通用しなかったことからそれが窺《うかが》える。

魔導を無効化された魔導師は、手足をもがれたも同然。

スクリーンポイント、これは魔導師殺しとも言えるものだろう。

「クロードォォォ……！　そのことまで言うとは！　どれだけレオンハルト家を裏切れば気が済むのだ!?」

ケインの顔が歪《ゆが》み、クロードはさらに押し込まれる。

クロードはたまらず身体をひねってかわし、ケインを追い払う一撃を繰り出すも難なく止められてしまった。

ケインに弾き返され、それでもすぐに剣を構えるクロード。

剣戟《けんげき》の音が響き、その都度クロードは身体ごと弾かれてしまう。

力も剣技も、ケインの方がかなり上だ。

クロードは防戦一方、決着がつくのも時間の問題だろう。

「ゼフ君っ！　早く逃げてください！　長くは持ちません……！」

「バカが！　逃すわけないだろう！　レオンハルト家の面汚しめっ！　そしてその秘密を知り！私に恥をかかせたクソガキもなっ！」

ケインの重い剣を受けるたびに、クロードの剣が削られていく。刀身がぐらぐらと揺れ、今にも折れそうだ。

「終わりだ……っ！」

そう言って放たれた一撃で、クロードの剣がへし折れた。

くるくると舞い飛んだ刀身が壁に突き刺さると、ケインはニヤリと勝ち誇った笑みを浮かべる。

「もういいだろう。勝負はついた。血縁のよしみだ、クロード……お前が今すぐそのガキを殺せば、許してやってもいい」

「くっ……！」

——勝負は決した。

そしてこの勝負、これだけの実力差があっては何度やっても結果は同じだろう。外野のワシにわかるくらいだ、相対しているクロードはそれを百も承知のはず。

それでも、クロードは構えを解かない。

折れた剣を握りしめ、かたかたと震えている。

「何故《なぜ》だ、クロード。そのガキ、所詮《しょせん》は赤の他人だろう？」

「赤の他人じゃありません。同じギルドの仲間です……！」

「他人ではないか」

「違う！」

釈然としないケインを、泣きそうな顔で睨《にら》みつけるクロード。

声は震え、瞳からは涙が零《こぼ》れそうだ。

「ボクはずっと一人だった……家でも、家を追い出されてからも……女のボクは、最初は優しくされたこともあったけど、いつも最後は裏切られて……酷い目に遭《あ》ってきたんだ……っ！」

多少は罪悪感もあるのだろうか、ケインはクロードの言葉を大人しく聞いている。

「だから今度は男の格好をすればいいって思った……男の格好をして、一人で旅をすれば誰にも裏切られることはない。……でも誰とも繋《つな》がることもなかった……」

なるほど、男の格好をしていた理由はそれか。

「寂しさを紛らわせるため、戦って、戦って、魔物に囲まれて、もういいやって思ってる時にミリィさんが助けてくれたんです……魔物を蹴散らし、微笑むミリィさん……あの姿をボクは一生忘れないでしょう」

戦乙女《いくさおとめ》とか言ってたか。

それを聞いた時には思わず笑ってしまったが、クロードには救世主に見えたのだろう。

「ゼフ君もミリィさんも、会ってすぐのボクにすごく親身になってくれた……！　生まれて初めて、仲間と呼べる人に出会えた！　だからボクは、彼らのために命を賭《か》けることができる！」

咆哮《ほうこう》するクロード。それを見てケインがにやりと笑う。

「ほう……いい顔をするようになったな、クロード。いつも家では俯《うつむ》いてばかりだったのに……そのガキに惚れたか？」

「ゼフ君は僕のために、初めて怒ってくれた人です」

キッ、とケインを見据えるクロード。

そこにもう涙はない。

死を覚悟してでも兄を止める、そんな決意を秘めた顔。

「だから、逃げてください。ゼフ君」

……全く、そのような顔をするヤツを見捨てて逃げられる訳がないだろうが。

クロードの背中をぽんと叩き、顔を近づけた。

「クロード」

「ボクは大丈夫ですから……！」

勘違いしているな、コイツ。

折れた剣を持つクロードの手に、ワシの手を重ねる。

「何を……？」

「いいから、ワシに任せておけ」

クロードの耳元で囁《ささや》き、タイムスクエアを念じる。

時間停止中に念じるのは、レッドブラスターとレッドウエポン。

時が動き出し、クロードの折れた剣から魔導の光が発せられ、刀身が形成されてゆく。

緋《ひ》色に燃える、魔導の剣。

クロードは手元の剣に目を見開いた。

「これは……？」

「クリムゾンブレイド、とでも名付けておこうか」

「炎の……剣……！」

燃える魔導の剣を仰ぎ見て呟《つぶや》くクロード。

レッドウエポンは、武器に緋属性を付与する魔導。

タイムスクエアを使い、レッドブラスターと同時念唱することで魔力の剣を生み出したのだ。

色々試していた時に発見した魔導で、ワシは近接戦闘は得意ではないので使う機会はないと思っ

ていたが、こんなところで役に立つとはな。

折れた剣から立ち上る炎の刀身。クロードがそれを少し振ると炎は軌跡を残しつつ、室内に漂う煙を切り裂いた。

「これなら……っ！」

裂帛《れっぱく》の気合を吐き、クロードがケインに斬りかかる。

ケインの剣は、装飾が施され魔力が込められた特殊な剣。並の剣では歯が立たないハズだ。

——並の剣では、だが。

「はぁああっ！」

「それがどうしたぁ！」

ケインは見たこともない魔導の剣に驚きを見せたものの、怯《ひる》むことなく立ち向かってくる。

勢いよく振り下ろされたクロードの剣は、それを受け止めたケインの剣をバターを溶かすように斬り裂いた。

からん、と地面に転がる刀身。

「バカな……!?」

「兄のスクリーンポイントは、レオンハルト家で一番強い。一度スクリーンポイントを展開した兄には、どんな魔導も効きません」

剣を破壊されて呆《ほう》けるケインに、にこりと笑いかけるクロード。

「――だから、大丈夫ですよね？」

言葉と共に振るわれる炎の剣。

ケインも剣なしで攻撃を避け切るのは難しいようだ。絶え間なく、炎の剣はケインに襲いかかる。

が、ケインの身体には全く傷がついていない。

クロードの振るうクリムゾンブレイドの攻撃力は、ワシのレッドブラスターの威力と同じ。

そのレッドブラスターを完全に無効化するとは……スクリーンポイント、恐ろしい魔導である。

……というか、それより恐ろしいことが今目の前で起こっているのだが。

クロードが攻撃するたびに、ケインの衣服のみが切り裂かれて舞い落ちていく。徐々にケインの素肌が露わになり、鍛《きた》えられた肉がその姿を覗《のぞ》かせていく。

……ちょっと、これはしゃれにならんだろ……

「あはっ！　あははは っ！」

クロードは何かに取り憑かれたかのように、笑い声を上げながらケインの服を刻んでいく。

余程たまっていたのであろう。

「くっ……クロードっ！　貴様ぁぁぁぁ！」

パンツ一丁までひん剥《む》かれたケインは、悔しそうな顔でクロードを睨《にら》みつけている。

……まぁ、ほんの少しだけケインに同情してやらんでもない。

とうとう猥褻物《わいせつぶつ》をさらけ出したケインから思わず目を逸らすと、店の外から何やら物音が聞こえてきた。

「ケイン隊長！　我々だけ逃げてしまい申し訳ありませんでした！」

「助太刀いたします！　ケイン隊長っ！」

どうやら、先刻逃げ出したケインの部下たちが戻ってきたようだ。

何というタイミング……クロードへの怒りはどこへやら、ケインは部下たちを見て呆然としている。

「ケ……ケイン隊長……？」

「い、一体何を……？」

ケインのあられもない姿を目の当たりにした部下たちが、戸惑いの声を上げる。

何せケインは今、素っ裸で妹に剣を向けられているのだ。

……哀れケイン。

「なっ……お前たちっ……見るな！　見るなぁぁぁぁ！」

「し……しかし、我々がいないとケイン様が……」

「私の心配など百年早いわっ！　いいから消えろーっ！」

怒りと羞恥《しゅうち》で真っ赤に染まったケインの顔を見て、ワシの怒りはすっかりしぼんでしまった。

クロードも十分に気がすんだようで、爽やかな顔で額の汗を拭《ぬぐ》っている。

積年の恨みを晴らした、といったところだろうか。

一息吐いたクロードは炎の剣をケインに構え、高らかに宣言した。

「ボクはもうあなたとは、レオンハルト家《あなたたち》とは関係ない！　ボクはクロード！　ただのクロードだ！」

ざん！　と言い放つクロード。

ケインも部下も、ワシさえもその気迫に呑み込まれた。

――しばしの静寂の後、それを破ったのはぎりぎりというケインの歯噛《はが》みする音であった。

ケインはクロードを睨みつけると、部下たちに叫ぶ。

「何をぼさっとしている！　やれっ！　やってしまえ！」

「しかし、あの方はケイン様の妹君……」

「今、あいつ自身が関係ないと言っていただろうが！　いいからやれっ！」

ケインの大声に応じるように、外が騒がしくなってきた。

野次馬が集まってきたのだろう。そろそろ頃合いか。

タイムスクエアを念じ、時間停止中にレッドウェイブとブルーウェイブを念じた。すると、破裂音と共に白煙が広がり、室内に充満していく。

「隊長！　煙幕が！」

「進めっ！　進めぇぇい！」

「そんな無茶な……」

混乱する連中を尻目に、ワシはクロードの手を引っぱる。

「こっちだクロード、今のうちに逃げるぞ！」

「は、はいっ！」

緋《ひ》と蒼《そう》の魔導は合成すると高確率で爆発を起こすのだが、低威力、広範囲のウェイブで合成させると、いい具合に煙幕として使用できるのだ。

とりあえず、バーストウェイブとでも名付けておくか。

クロードの手を引いたまま、ワシは店の出口まで走る。

足を踏み出すたび、ずきんずきんと折れた足に痛みが響き、背筋に冷たい汗が伝う。

うーむ、死者の王の時といい、骨を折ってばかりだな。

ひょこひょこと騙《だま》し騙し走っていると、ふいにワシの身体が宙に浮いた。

クロードに抱きかかえられたのだ。

「お、おいクロード……」

「黙っていないと、舌を噛《か》みますよ」

静かに、と言わんばかりに唇《くちびる》の前に人差し指を立てるクロード。クロードはワシをお姫様抱っこしたまま、店を飛び出した。

それと同時に、来た時に倒した黒服の男がワシらを見つけ、叫び声を上げた。

「いたぞ！　あいつらだ！」

ちっ、もう気がついたのか。

ワシはクロードの腰を抱え、テレポートを念じる。

「くそっ、逃げやがった！」

「魔導師だ！　だれかテレポートを使える奴はいねえのか⁉」

「そんな奴がこんなところで傭兵やってるワケねえだろ！」


……ふう、何とか逃げることができたな。

言い争いをする男たちを、ワシらは建物の上からこっそりと見下ろした。

「……顔を見られましたよね……」

「あぁ、盛大にな……」

店員に傭兵、ケインとその部下たちに思いきり顔を見られてしまった。

あまりにも頭に血が上っていたからな……せめて覆面でもしておけばよかったか。

連中に指名手配でもされれば、ワシらは魔導師協会の派遣魔導師に追われることになるだろう。

派遣魔導師は重罪を犯した者を捕えるために組織されたものだ。彼らは魔導師協会内部でのみ伝えられる非公式の固有魔導を使用でき、非常に高い戦闘力を誇る。

非公式魔導の一つである調査魔導は、特定の個人の魔力の痕跡を辿《たど》ることができる。

故に、派遣魔導師に追われた者は、すぐに捕まってしまうのだ。

とはいえ、派遣魔導師は数が少なく忙しい。こんな事件にまで絡んでは来ないと思うが……その確証はない。

その心配をもらすと、クロードは微笑んだ。

「恐らくそれは大丈夫でしょう。兄はきっと、このことを公にはしませんよ」

「確かに家の恥、とか言って黙っていそうではあるが……あれだけめちゃくちゃにされた店は黙っていないだろうな」

熱くなると後先考えないのは、ワシの悪い癖《くせ》だ。

師匠に何度注意されても、これだけは直らなかった。

「そっちはあとで謝りましょう。酒場での荒事は日常茶飯事ですし、こちらから誠意を見せればきっと許してもらえますよ！」

にっこりと、まぶしい笑顔を向けてくるクロード。

ワシはどうやって誤魔化《ごまか》そうかと考えていたのだが、まさかの正攻法とはな。

中々のイケメンぶりではないか。

ま、ワシほどではないけどな。

そんなことを考えながらクロードの顔を眺めていると、クロードは不意に優しい目で見つめてきた。

そのあまりにも真っ直ぐな視線に少し照れくさくなり、ワシは目を逸らす。

「……ありがとうございました。ゼフ君」

「ワシが勝手に暴れただけだ。しかも最後はクロードに助けられたしな。礼を言われるようなことは何もしていない」

「……ふふ、そういうことにしておきましょうか」

クロードはニコニコと笑みを浮かべながらワシを見つめ続ける。

……ったく、本当にそんなんじゃないんだがな。

「……それになクロード、お前はワシが自分のために初めて怒ってくれた人、とか言っていたな。あれは違う」

「はい？」

きょとんとした顔のクロードをちょいちょいと指で招き、店の方を覗《のぞ》かせる。

そこには、何かを探している様子の、一人の少女。

「ミリィ……さん……？」

「今日の別れ際、お前の様子がおかしかったからな。あいつも心配して探しに来たんだよ」

一足遅かったようだがな。

呆《ほう》けるクロードの背を撫《な》で、続ける。

「今回は偶然ワシがクロードを先に見つけたが、タイミングがズレていればミリィに助けられたかもしれなかったのだぞ」

いる。

「そう……ですね……」

俯《うつむ》くクロードの瞳は少し、涙で潤んでいる。

「それに先日、ワシがクロードに殴りかかった時に止めてくれたのはミリィだろう？　お前のために初めて怒ってくれた人は、ミリィなんだよ」

ワシらがこうしている今も、ミリィは喧騒の中で人混みをかき分け、きょろきょろと探し続けている。

その顔は不安で押し潰されそうなのか、今にも泣き出しそうだ。

道行く大人にぶつかって転ぶが、ミリィはすぐに立ち上がり、また探し始めた。

ぽつり、とワシの手に温かいものが落ちてくる。

振り向くとクロードの目からは、いつしか大粒の涙が零《こぼ》れていた。

「う……く……ふぐぅ……っ……」

両手で涙を拭《ぬぐ》うクロードであったが、とめどなく流れる涙は更に勢いを増していった。

くしゃくしゃの顔で大粒の涙を流すクロードの頭を抱き寄せ、ワシは耳元で呟《つぶや》く。

「……以前、ワシが勝った時に何でも言うことを一つ聞く、と言ったな」

こくり、と弱々しく頷くクロード。

「絶対にミリィを裏切るな。何があっても、ワシと一緒にミリィを守っていくんだ」

「……あはは……そんな約束、意味ないですよ……」

少しだけ落ち着いたのか、クロードは涙を拭い、顔を上げる。

「だって、ボクは初めからそのつもりですから」

月明かりに照らされたクロードは最高のイケメンスマイルだった。

ま、ワシほどではないけどな。

それより、いい加減うろつかせているのも可哀想《かわいそう》なので、ワシはミリィに念話で呼びかける。

《ミリィ、上だ。目の前の酒場の屋上にいる》

《ゼフっ!?　ゼフもクロードを探しに来てたの!?》

《というか、クロードのことを探していたなら念話で呼びかければいいではないか……》

《あ、そうだね……忘れてた》

焦っていたのだろう。ミリィは普段、あまり念話を使わないからな。

ワシの家に来る時も、念話で連絡してから来れば不在かどうかもわかるのに。

何というか、残念な娘である。

「クロード！　ゼフ！　やっぱりこの騒ぎの中にいたのね。無事だったの!?」

ワシらのいる酒場の屋上までテレポートで飛んできたミリィは、ボロボロのワシとクロードを見て、みるみる表情を曇《くも》らせていく。

「そう心配するな。大丈夫、足の骨が折れた程度だ」

「ボクもちょっと、腕と脚と身体を斬られただけです」

ワシらの言葉を聞いて、ミリィの表情はさらに暗くなる。

今にも泣きそうな顔だ。

「……ばかっ！」

そう短く呟《つぶや》いたミリィはワシらに駆け寄り、両腕を広げてワシとクロードの首に巻きつけてきた。

腕から伝わる体温で、首の辺りが少し汗ばむ。

ワシらの襟首《えりくび》をぎゅっと握りしめたミリィの手は、震えているようだ。

「……すまん」

ミリィの頭に手を置き、ゆっくりと撫《な》でてやるが、震えは収まらない。

次第に嗚咽《おえつ》し始め、それに釣られたのだろうか、クロードまで一緒になって泣き出してしまった。

全く、二人とも仕方のないことだ。

ワシはしばらくの間、黙って星を眺めていることにした。

13

それから数日、繁華街で魔導師が暴れたという噂が流れたが、しばらくすると全く耳にしなくなった。

恐らく事の中心であるケインが、それとなく火消しに走ったのだろう。

ヤツの見栄っ張りな性格に助けられた、といったところか。

クロードに無理やり連れられて酒場へ謝りに行き、何かのためにと貯めていた金を差し出して許してもらった。

これで、レディアに預けているアクセサリーを除くと、完全に文無しだ。

しかし、何とか派遣魔導師には追われずに済みそうだな。

前世で何度か協会の派遣魔導師の世話になったが、恐ろしい連中だった。

二度と関わり合いになりたくない。

……だが、面倒事につい首を突っ込んでしまうワシの性格からいって、それは難しいだろう。

やはりナナミの街からは離れた方がいいか……

ワシは台所に立つ母さんを眺めながら考える。

ここには母さんもいるし、いつか必ず大きな迷惑をかけてしまう。

レディアに預けているアクセサリーもそろそろ売れている頃だろうし、その金でしばらく暮らしていけるハズだ。

一応、女であるクロードをあんなボロ宿に住まわせておくのもよくないし、ミリィも一人暮らしのままにはしておけないだろう。

何日か家に泊まったことがあるが、ミリィの奴、まともなものを食べていなかったぞ。

ワシもある程度強くなったし、生活費くらいは稼ぐことができる。

そろそろ家を出て、本格的に魔導を極めるべく修業に励む頃合いだろう。

ちなみに、ワシもミリィも学校は既に卒業した。

ある程度社会適応能力ありと判断された生徒は、特別卒業認定試験を受けることができる。それに合格すれば、卒業できるのだ。

とはいえ、それはやはりイレギュラー。ワシやミリィのように何かしら実力のある人間でないと、受験の許可は下りない。

——問題は母さんだ。

台所で洗い物をしている母さん。

機嫌は悪くなさそうだが……うーむ、明日にした方がいいかもしれない。……ええい、悩んでも仕方ない。

出たとこ勝負でいくしかあるまい。

「母さん、少しいいかな？」

「何〜？」

作業をしながら答える母さん。

ワシは緊張に震える拳《こぶし》を握りしめ、真っ直ぐ母さんの方を向く。

「……ワシは冒険者になろうと思う。学校は既に卒業してきた」

「……」

母さんは何も答えない。

ワシはそれに構わず続けた。

「このままウチにいると、母さんに迷惑をかけてしまう。……だからワシは、その……」

「ゼフ」

口ごもるワシの言葉を遮り、母さんはワシを見て微笑む。

そして優しい口調で語りかけてきた。

「私は気づいていたよ？　ゼフがすっごく……もしかしたら私よりも、ずっと大人になってるってこと。……そして、それでもゼフはゼフのままだってことにも」

その言葉に、息を吞む。

タイムリープにより生じる違和感の緩和——それが母さんには無効だったとでもいうのか。

全く魔力を持たない母さんだが、ワシには何故《なぜ》だか納得できた。

何せこの人は、ワシの母さんなのだからな。

いつの間にか洗い物を止め、母さんはワシの前に立っていた。

「ミリィちゃんとクロード君も行くんでしょう？　……行っておいで」

母さんにぎゅっと抱きしめられると、急に目頭が熱くなった。

ワシは返す言葉もなく、温もりに身をゆだねる。

「でもね、二つだけ言わせてちょうだい。母さんはあなたに迷惑かけられても、ちっともそうは思わないからね。遠慮なく迷惑かけなさい」

目頭に溜まった涙が零《こぼ》れ、ぽたりと床に落ちる。

いつもそうだった。

母さんはワシのことを全て理解して、そして全て許してくれる。

「それともう一つ……」

いかん、これ以上は我慢できる自信がない。

情けないことに大泣きしてしまうかもしれない……覚悟を決めたワシに母さんは続けた。

「……ミリィちゃんとの結婚式には必ず呼ぶこと」

「…………は？」

思わず顔を上げると、そこには母さんの満面の笑み。

何を言っているのか全くわからない。

「……母さん、ワシとミリィはそんなのではないぞ……？」

「え？　違うの？　まさか他の女の子にも手を出してるとか？」

「違うわっ!!」

全く……全て理解したような顔をしながら、何もわかっとらんではないか。

さっきまでの涙が完全に引っ込んでしまった。

そもそも十歳やそこらのガキに何を言ってるのやら。

その夜、ワシは簡単には部屋に戻ることを許されず、母さんにくだらないことを根掘り葉掘り聞かれたが、適当に答えておいた。

◆　◆　◆

旅立ちの準備を終えるまでの数日間、本当に色々と大変だった。

やっと迎えた旅立ちの朝。ミリィは、何故《なぜ》かわざわざワシの家まで迎えに来た。母さんに見送られ、ミリィが振り返って手を振る。

「ではおかあさま、行ってきます！」

「いってらっしゃい」

ワシもミリィも、荷物は少ない。

とりあえずはベルタの街で宿をとり、住む場所を確保する予定だ。

「あ、待って。ミリィちゃん、ちょっとおいで」

「はい？」

母さんがミリィを呼び、耳元で何か囁《ささや》いている。

どうせくだらんことを吹き込んでいるのだろう。全く、仕方のない人だ。

ため息を一つ吐いていると、ミリィがてってってっと駆けてきた。

「おまたせっ」

「何を言われたんだ？」

「……ってゼフが聞いてくるだろうから、秘密にしとけって」

にひひ、と笑うミリィ。

全く、妙なところで鋭いんだよな、母さんは。

街の外へ向かうあぜ道をミリィと共に歩く。

この道を歩くのも最後だろうか。

いつもうるさいくらいにおしゃべりなミリィも、今日は何か考えているのか黙ったままだ。

「……そういえば、クロードは門のところで待っているんだったかな」

「うん、そっちのが近いからって」

ワシが話しかけるも、すぐにまた沈黙。

商店街を通り過ぎ、繁華街を抜けて街の門に近づいてきた。

ミリィは門に近づくに連れ、何かそわそわしている。

角を曲がれば門が見える、というところでミリィが立ち止まる。

「あーっ！　忘れ物しちゃった！」

「……全く、仕方のない奴だな……じゃあワシはクロードと待っている、だからミリィは……」

と、そう言いかけたところで、ミリィはワシの手を取って駆け出す。

「おい、ミリィ!?」

「重いの！　ゼフもついて来てよ」

なら、クロードも連れて行けばいいではないか……と言おうとしたとき、ミリィはワシの手を引き寄せて、自分の胸に抱き締めた。

小さな膨《ふく》らみが腕に押し当てられ、ワシの腕が丁度その小さな隙間に挟まれる。

自分の行為を意識してしまったのか、ミリィの顔は真っ赤になっていた。

やれやれ、母さんが吹き込んだのはこれか。

「……わかったよ。ほら、早くしないとクロードが待っているぞ？」

「そ……そうね！　早く行きましょ！」

ミリィはワシの腕にさらに強く抱きつき、小走りで家へと向かっていくのだった。


……ま、結論から言えば忘れ物などなかったわけだが。

「あはは、勘違いだったみたい。ごめんねゼフ、付き合わせちゃって……」

「気にするな」

少しでもワシと二人っきりになりたかったのだろう、可愛らしいものではないか。

ぽん、と手を置いてミリィの頭を撫《な》でながら、ワシは要望に応えゆっくりと門へと歩いていく。

辿《たど》り着くと、待ちくたびれたクロードが門にもたれかかってうたた寝をしていた。

待たせてしまったか。悪い事をしてしまったな。

ミリィはクロードに駆け寄り、肩を揺する。

「待たせてごめんね、クロード」

「あ……すみません寝ちゃって……」

ミリィとクロードか。

二人とも今は頼りなくとても効率的とは言えない仲間だが、不思議と悪い気分はしない。

「どうしたのよゼフ、にやにやしちゃってさ」

「何でもないよ。さ、行くぞミリィ、クロード」

「うんっ！」

「はい」

元気よく返事をする二人を従え、ワシはナナミの街を旅立つのであった。

運命制御系ファンタジー、開幕!

ある日、没落貴族の四男エヴァン・ダグラスはふと思い出した。前世の自分は、地球で制御工学を学ぶ大学生だったことを——日本人的な外見のせいで家族から疎まれていたエヴァンは、これを機に一念発起。制御工学の知識を生かして特訓を重ね、魔力ベクトルを操る超絶技巧「制御魔法」を修得する。やがて獣人メイドのセラフィナとともに出奔した彼は、雪山を大鬼オーガが徘徊し、洞窟に魔獣コボルトが潜む危険な剣と魔法の世界で、冒険者として身を立てていく。

定価：本体1200円+税　ISBN 978-4-434-20449-4

illustration：天野英

ネット発の人気爆発作品が続々文庫化！

アルファライト文庫

毎月中旬刊行予定！　大好評発売中！

累計170万部突破！　自衛隊×異世界ファンタジー超大作！

2015年7月より

TVアニメ

TOKYO MXほかにて 放送開始予定！

CAST
伊丹耀司：諏訪部順一
テュカ・ルナ・マルソー：金元寿子
レレイ・ラ・レレーナ：東山奈央
ロゥリィ・マーキュリー：種田梨沙 ほか

STAFF
監督：京極尚彦（『ラブライブ！』）
シリーズ構成：浦畑達彦（『ストライクウィッチーズ』）
キャラクターデザイン：中井準『マルドゥック・スクランブル』
音響監督：長崎行男『ラブライブ！』
制作：A-1 Pictures『ソードアート・オンライン』

続報はアニメ公式サイトへGO！　http://gate-anime.com/　ゲート　アニメ　検索

ゲート　自衛隊 彼の地にて、斯く戦えり

外伝2.
黒神の大祭典編〈上〉〈下〉

柳内たくみ　イラスト：黒獅子

文庫新刊 3月26日 刊行予定！

上下巻各定価：本体600円＋税

上：ISBN 978-4-434-20300-8　下：ISBN 978-4-434-20301-5　C0193

2015年 3月26日 刊行予定！

THE FIFTH WORLD 1

藤代鷹之　イラスト：凱

近未来VRMMOバトルファンタジー！

VRMMOがもうひとつの『現実』として当たり前に存在する近未来。ある日、VRMMOを管理する国際機関から、四つの主要な仮想世界――通称『Power Four』の統合計画が発表される。突然の発表に世界が激震するなか、トッププレイヤーだけを参加対象とした、五番目の世界『THE FIFTH WORLD』のβテストが始まった――。ネットで人気の近未来VRMMOバトルファンタジー、待望の文庫化！

定価：本体610円＋税　ISBN978-4-434-20114-1　C0193

2015年 3月26日 刊行予定！

シーカー 5

安部飛翔　イラスト：ひと和

最強剣士vs邪神殺し！

“刀神クロウ”から孫娘シズカの護衛を依頼された孤高の剣士スレイは、彼らの祖国のあるディラク島を訪れる。その島の情勢は、悪しき邪神の謀略により混迷を極めていた。そんな中、島内にある小国の王クランドが、邪神の力を奪い覚醒を果たす。スレイとクランドの魂は引かれ合い、やがて決戦へと突き進んでいく。超人気の新感覚RPGファンタジー、文庫化第5弾！

定価：本体610円＋税　ISBN978-4-434-20298-8　C0193

謙虚なサークル（けんきょなさーくる）
元々漫画を描いていたが「小説家になろう」を知って小説を書き始め、2013 年より「効率厨魔導師、第二の人生で魔導を極める」の執筆を開始。同作にて「第７回アルファポリスファンタジー小説大賞」大賞を受賞し、2015 年デビューを果たす。バトルものをこよなく愛する。

イラスト：ヘスン
http://cheeseppotto.cafe24.com/

本書は、「小説家になろう」（http://syosetu.com/）に掲載されていたものを、改稿のうえ書籍化したものです。

効率《こうりつ》厨《ちゅう》魔導師《まどうし》、第二《だいに》の人生《じんせい》で魔導《まどう》を極《きわ》める

謙虚なサークル

2015年 3月 31日初版発行

編集－篠木歩・太田鉄平
編集長－塙綾子
発行者－梶本雄介
発行所－株式会社アルファポリス
〒150-6005 東京都渋谷区恵比寿4-20-3 恵比寿ｶﾞｰﾃﾞﾝﾌﾟﾚｲｽﾀﾜｰ5F
TEL 03-6277-1601（営業）03-6277-1602（編集）
URL http://www.alphapolis.co.jp/
発売元－株式会社星雲社
〒112-0012東京都文京区大塚3-21-10
TEL 03-3947-1021
装丁・本文イラスト－ヘスン
装丁デザイン－ansyyqdesign
印刷－中央精版印刷株式会社

価格はカバーに表示されてあります。
落丁乱丁の場合はアルファポリスまでご連絡ください。
送料は小社負担でお取り替えします。

ISBN978-4-434-20418-0 C0093